ちくま文庫

さびしさについて

植本一子　滝口悠生

筑摩書房

さびしさについて＊目次

滝口さんへ
往復書簡をやりませんか？　9

一子さんへ
絵を習っていた話　15

滝口さんへ
チャイルドシートを外した日　24

一子さんへ
思うようにならないこと　31

滝口さんへ
離ればなれになる道 42
一子さんへ
凡庸な感慨 51
滝口さんへ
さびしさについて 62
一子さんへ
「み」の距離 70
滝口さんへ
誰かと一緒に生きること 79

一子さんへ　子どもの性別　89
滝口さんへ　最後に会ったのはいつですか　104
一子さんへ　家事について　116
滝口さんへ　母の言葉　125
一子さんへ　誰かに思い出される　136

滝口さんへ
誰かについて書くこと 147
一子さんへ
ひとりになること 154
滝口さんへ
いちこがんばれ 169
一子さんへ
愛は時間がかかる 190
滝口さんへ
ひとりは、わるいものじゃないですね 206

一子さんへ
生活 222
それぞれなんとかやっていて
武田砂鉄 238
解説 滝口さんと植本さんの手紙のこと
OJUN 243

滝口さんへ
往復書簡をやりませんか？

おはようございます。今は朝の九時です。すっかり寒くなりましたね。冬晴れが続いていますが、今日の夕方から明日にかけて雨が降ると予報がありました。冬の晴れがすこぶる気持ちいいのと同時に、雨は本当に心と体に堪《こた》えるような気がします。

さてさて、往復書簡をやりませんか？という私の思いつきに、快くのってきてくださり、ありがとうございます。こうして滝口さんにお手紙を書けるのがとても嬉しいです。

滝口さんとお会いしたのは、五年くらい前に、浅草橋の天才算数塾という場所で、滝口さんの小説『茄子の輝き』の表紙の原画展を見に行ったときが初めてだと思います。そのときは絵を描いている共通の友人である松井一平さんを介してだったので、なんだかモジモジしてしまい、ちゃんと話した覚えがありません。

さらに会場には、写真家の金川晋吾さんもいらっしゃったので、金川さんの写真が好きだった私は嬉しくなり、二人で話し込んでいたらあっという間に帰らなければいけない時間になってしまったのでした。

とりあえず滝口さんから新刊『茄子の輝き』を買ったはいいものの、サインをもらいそこねた！と帰りの駅のホームでハッとしたのを今でも覚えています。帰り道はまだまだ日差しが眩《まぶ》しくて、夏の夕暮れどきでした。

今調べたら『茄子の輝き』は二〇一七年の六月に刊行されていました。四年前ですね。どうしてそんな明るい時間に帰らなければいけなかったのかといえば、夫が癌で入院していた頃なので、子どもたちに夕飯を作るために急いで帰ったのだと思います。

娘たちは二人とも小学校の低学年でした。なんだかすべてが懐かしく感じます。

あのときに見た茄子の絵が、今年の夏前、初めて滝口さんの家に行ったときにリビングに飾ってあったのを見つけて、わ！と、あのときと今が一瞬で繋がったような、不思議な感慨がありました。


そんな娘たちも、中一と小五になり、まだ早いとは思うのですが、私の脳裏には高校受験がチラチラとよぎっています。というのも、東京は本当に選択肢が多い！

私は広島の辺鄙な場所で育ったのですが、進路を決める際、美術系のコースのある高校へ行きたいな、とぼんやり考えたときにはすでに手遅れで、美術系のコースのある高校が広島にはほんの数校しかなく、偏差値は高く、さらに家から遠いため学区外であり、さらにさらにそんなところを受験したいと思っている子は、美術予備校にはるか昔から通って準備をしているのでした。

なので私は、そんな狭き門を目指す以前に受験資格もなかったわけで、家から通いやすいある程度の普通校に入ったのでした。そこで決して折れないのが私の性格で、入学したらまず写真部を立ち上げ、生徒会の副会長に立候補し、その立場を使って部費を増額したりと、そこから写真を本格的に始めました。

東京は、高校自体も多いし、美術系の高校も通える場所にいくつかあり、羨ましいを通り越して少し戸惑うほどです。中一の娘は絵を描くのが好きなこともあって、じゃあ美術系の高校はどう?と今から耳打ちしているのですが、なんだか私の叶えられなかった夢を押し付けているように思う瞬間があり、どうしたものかと考えたりもします。中一の頃の自分なんて、今思い出しても何も考えていませんでした。


子を持つ友人と先日、もしも子どもがレベルの低い高校へ行きたいと言い出したらどうするか、という話になりました。レベルが低いというのは、その子の学力ならもっと上を狙えるのに、その高校に本人のやりたい部活がある、ということを想定しているそうです。それはもったいない気もする、悩むねえ、と友人と話していたのですが、私は「娘がやりたいことがあるならそれでいいかな」と答えていました。

友人は、そんな子どもの一時の感情で進路を決められても、と言っていましたが、中3なら、すでに一時の感情ではないと思うのです。自分がまさにそうで、行きたい高校に行けないなら、行けるところでできることをしよう、と決めたのもそのときでした。まあそれは私の場合なので、その年頃の子が全員そうではないと思いますが、私は娘の選択を信じる、と思いました。どんな相手であれ、その人を信じるって、本当に覚悟のいることです。

同時に、娘が決めたことの責任を、娘自身が背負うことになると思うと、傷つく姿を見たくない、と別の道を勧めたくなる気持ちもわかります。ついつい先回りして、傷つく権利さえも奪ってしまいそうになります。これから先は離れていく一方で、もはや赤ちゃんの時代をとっくに過ぎた彼女を、昔のようにつきっきりで守ってやることはできません。ただ見守ることと、安心して帰ってこられる場所を作ることしか、私にはできないのだと思います。

滝口さんはどんな進路を選んできたのでしょうか。小説家になるまでのお話も聞きたいです。

そうそう、こうやって子どもたちとのことを記録したくて、私は文章を書き始めたのでした。写真じゃ伝わらない細々とした自分の考えや、生活の記録を、思えばずーっとやってきているような気がします。

最近は、編集さんからエッセイ集を出しましょうと言ってもらっているものの、なんだか全然書けなくて。なのに自費出版で自分の日記はどんどん出したりして、合わせる顔もない状態ですが。エッセイ、いつか書けるのかな、と思いつつ、こうやって滝口さんに向けてのお手紙なら、なんだかスラスラと書けてしまいました。これからのやりとりが楽しみです。しばらくお付き合いください。

どうぞよろしくお願いします。

2021年11月21日

一子さんへ
絵を習っていた話

一月に生まれた娘は十一か月になりました。その時間を早いとも長いとも感じるけれど、きっと娘にとっては早くも長くもない、瞬間の連続みたいな毎日なのだと思います。

このあいだ近所の小児科で予防接種を受けました。一子さんも知っていると思いますが、乳児は注射を怖がらなくて、打たれた瞬間の痛みにだけ反応して泣き、事前に怖がることもなければ（もう何度もこの医院で注射を打っているのに）、終わったあとに恐怖や痛みを引きずることもなく、抱っこされて泣き止むと何事もなかったみたいにこにこしています。

乳児の記憶は大人と違って時間の幅がとても狭いそうで、起きたことはすぐに忘れてしまい、思い出すこともないのだといいます。なるほどそれなら注射は怖くないし、なにも怖くないし、悲しみみたいな感情もまだないのかもしれません。

それはちょっと羨ましいようにも思いますが、でも大人が日々感じているような、やがて訪れる楽しみを待ち望んだり、過ぎた出来事を悲しんだり悔やんだりすることがないのは、やっぱりちょっとつまらないし、もしかしたら時間の幅がないなかで感じる不安や恐怖、あるいは喜びも、大人には耐えられないような激しさなのかもしれない、とも思います。

と、そんなふうになにを思っても大人は大人の尺度でしか子どものことを想像できず、ともかくあなたのことは全然想像がつかないよ、と驚いたり不思議に思ったりしながら、娘のいる日々を過ごしています。一子さんが子どもの成長を記録するために日記を書きはじめた、という気持ちがとてもよくわかります。

僕は日記を書くことがなかなか続けられなくて、仕事で決まった期間とかであれば書けるのですが、他人に見せない個人的な日記はすぐに頓挫《とんざ》してしまいます。娘が生まれたとき、せめて彼女が自分で自分のことを覚えていられるくらいになるまで、できるだけ彼女のいろんなことを記録しておきたいと思って日記をつけはじめたのですが、やっぱりそのうち飛び飛びになってしまいました。

ああもういろんなことを記録しそこねてしまったな、もったいなかったな、と思う瞬間がたびたびあります。自分たち親が覚えておかなければ誰も覚えていられない子どもの人生の瞬間が確かにあって、でももうたくさんの瞬間が記録しきれず、思い出す契機を失ってだんだん忘れられてしまったのだと思うと、取り返しのつかない、惜しい気持ちになります。

もっとも文章であれ写真であれ、すべてを記録することはできなくて、多くのことを記録しようとすればするほど、そのことを知ることにもなるのですが。

保育園で一、二歳年上の子を見るだけで娘の先行きが途方もないように思えてしまうので、娘が中学生になる頃のことはまだ全然想像ができません。でも子どもを育てる環境とか方針とかについては自然とあれこれ考えたり夫婦で話をする機会があります。

東京という場所がどうなのか、そもそも日本という国がどうなのか。もちろん現実的な制約もあって、いまのところ日本の東京以外の場所で子どもを育てる選択肢はすぐには考えにくいのですが、でも都内でも出産とか保育園の申込みとかに際して区によっていろいろ違いがあったりして、そういう条件の違いによって生じる可能性の差、みたいなことはことあるごとに気にかかります。すると選択可能なもののうちどれが最善かみたいな思考回路にどうしてもなりがちなのですが、それにとても疲弊してしまいます。

あまり自覚していなかったのですが、僕はできるだけそういう考え方で物事を判断したり決定したりしたくないと思って生きているようで、それはいろんな条件が重なり合い、いろんな事態が到来するなかで現状を肯定できるものにしていくため各方面に対応する、みたいな人生観がどうやら僕にはあるからで（一子さんの高校時代の話もそんなふうに映りました。僕はあんなに行動的ではないですが）、事前の判断による良し悪しとか損得はあてにならないと思っているからだと思います。

事前に判断可能な最善とか損得って誰にとってもある程度当てはまるようなことだから、少しでも安心したいとか、少しでも得をとろうとするひとがそこに殺到する、そんな構図が心底嫌いで、受験勉強とかまさにそういうものだから、本当にいやでした。

大人になって自分の生活や人生のことを自分の好きな考え方で決められるようになったのはとても快適なことです。でも、自分に子どもができてみると、子どもの生活や人生のことを自分の生活や人生と同じように考えるわけにはいかず、そうすると自分の人生から遠ざけていたはずの、できるだけ安心で、損をしなそうな選択はどれか、という思考回路にしばしば陥ってしまいます。そして疲れます。

自分が学生だった頃を思い返すと、僕は高校時代の一子さんよりもっと消極的というか受動的というか非能動的というか、周囲に適当に合わせつつ内面的にいろいろ葛藤したり解決したりしていたような気がします。で、いまもそんなに変わらないのですが、基本受け身の事後対応型だから、先手を打つような積極性、能動性を欠くんですね。これは育児においてどうなのか。そして自分のことなら自分の責任でよいのだけれど、この姿勢には他者のためになにか行動することについて消極的という傾向もあるのかもしれません。そしてそれは積極的に先手を打たないでもよい程度には余裕がある（環境や属性的に）ということでもあったと思います。

ところで僕は三歳の頃から絵を習っていました。最初の頃は記憶もないのですが、絵を描くのが好きそうだから、と親が通わせてくれたそうです。途中結構さぼったりもしてて、絵はたいしてうまくならなかったのだけれど、結局高校のときにその絵画教室が閉まるまで通い続けました。十五年くらい。

彫刻家の先生が副業でやっていた教室だったのですが、先生が本業でつくっている作品はでかい鉄の彫刻で、何トンとかある鉄の塊をハンマーで叩いて「無題」、みたいなごりごりの現代美術でした。そういうなんか浮世離れした大人が身近にいたことは、特に十代以降のあれこれ屈託していた自分にとって、いま思うと結構大事な拠り所になっていたように思います。辞めずに通い続けたのも、絵を描くことよりその先生のところに顔を出す、という動機が大きかったように思います。

学校とか家とか、思い通りにいかない、納得がいかないことがたくさんあって、でもそこだけが世界じゃなくて鉄の塊叩いて無題みたいな場所も世界にはあると思えば、どうしようもなくなればどこかにひとつふたつ逃げ場所があるだろう、と思えていたのではないでしょうか。

子どもの学校とか、教育を受ける環境とか、具体的にはまだうまく想像できないけれど、いつか子どもが大きくなって、目の前の世界に絶望しそうになったときに、目の前に見える世界だけが世界じゃないから大丈夫、と伝えてあげたいということだけはなんとなく思うようになりました。あとは、なにかやりたいことがありそうなときに、それを決してくじかず、必要そうなら背中を押してあげること。

絵を習わせてもらったことには感謝しているけれど、中学生の頃少し楽器に興味を持ったとき、父親がなんとなく口にした、うちの家系は音楽には全然縁がないから、という言葉で、僕は、そっかー、と思ってなんだか楽器や音楽に手を出すことに気後れしてしまったのですが、もしあのとき、背中を押してもらってたらどうだったかなー、といまでも結構思います。

だから、一子さんが絵に興味のある娘さんに耳打ちしていることはとても素敵な、羨ましいことに思えます。

僕は文章を書くと、そこで考えている問題が解決するよりもどんどん絡まっていく感じがあり、だから日記も続かないのかもしれません。その日が終わらなくなるので。

小説は問題解決しなくていいし、むしろ絡まっていくことで先へ延びていくような感じがあります。

前回いただいた手紙で、日記は書けるのにエッセイはなかなか書けない、と一子さんが書いていたのは、もしかしたら形式と書き出し方にかかわることなのではないか、ということを思いました。

日記は、小説とかエッセイと違って、日記であることそのものに書き出す動機が備わっているから、日付を書きさえすればそれが文章のはじまりになるのですが、エッセイや小説は、書き出すときに「なぜそれを書くのか」とか「どう書くのか」という問いが絡まってきて、簡単に書きはじめられないものだと思います。自分が小説を書く仕事をしている時間のうち、そのほとんどを占めているのは「なぜそれを書くのか」とか「どう書くのか」と考える時間のような気がします。僕にとっては書き出す前にそうやって考える作業が書き出したあとに文章を先へ延ばしていくための力になっているのかもしれなくて、だからこそ日記がうまく書き続けられないのかもしれません。書きはじめたものの、書き続けるのが難しい。なんだか、日記という形式と、散文という形式が、だんだん折り合わなくなっていくような、そういう難しさを感じます。

いただいた文章を読んでよくわかりましたが一子さんの文章はきれいですね。僕は小説でも、こうして個人に宛てる手紙でも、もけもけした文章になりがちです。年末でばたばたしながらもけもけしてたらお返事が遅くなってしまいました。今日は暮れの十二月二十六日、寒いですがよく晴れていて、外に出ると年末！　って感じに街の色が濃く見えます。

2021年12月26日

滝口さんへ

チャイルドシートを外した日

あけましておめでとうございます。今年もよろしくお願いします。

とはいえもう今日は一月五日、世の中はすっかり通常モードに入っているような気がしますが、私は年末年始をしっかり休みました。撮影の仕事始めは三日後の八日からです。身体的には動いてないのですが、年明けが締め切りの文章がいくつかあったので、結局頭は動かしていて……これは滝口さんや、書き物をしている人は一緒なのではないかと思います。

昨日の夜なんか、疲れて早く眠ってしまったのですが、明け方に目が覚めてしまい、そこから何を書こうかと頭が勝手に回り出し……。こういうことはよくあるのですが、なんというか、何も思い煩《わずら》うことなく、しっかり眠れる日々というのは、文章を書いている限り、もう訪れることはないんだろうか、と思ったりもします。滝口さんも前回のお手紙で「なぜそれを書くのか」「どう書くのか」を考える時間が書くことのほとんどを占めているとおっしゃっていましたね。思えば私もいつもそれをやっている気がします。

滝口さんはよく歩かれると何かで読んだことがあるのですが、私も、周りの風景が動いている瞬間に書くことを思いつきやすい気がします。例えば自転車に乗っているときとか。なので、なかなか年末年始、子どもたちが常に家にいる状態で、毎食作って掃除をして、というのをやりながらでは、書くことも考えることもままならない感じでした。子どもたちの冬休みも明日でおしまい。やっと日常に戻れそうです。

年末年始の話を少し。友人の画家である今井麗《うらら》が、スヌーピーミュージアムのナケットを送ってくれました。なんでも、彼女の描いたスヌーピーの油絵が飾られることになったのだとか。クリスマスシーズンだとイルミネーションも綺麗だよ、と教えてくれたので、子どもたちが冬休みに突入したタイミングの二十五日に行くことになりました。

パートナーがレンタカーを借りてくれて、子どもたち二人は後ろに乗り、四人で出かけるというのはこれまでにも何度となくやってきたのですが、さあいこうか、となった当日の朝、急に中一の娘が「やっぱやめとく」と言い出したのです。これまでにも気が乗らないタイミングは何度かあり、昔のようにご機嫌で車に乗っていることも少なくなっていました。それは家の中でもそうで、妹と共同の自分の部屋の、二段ベッドの上の自分のスペースからなかなか出てこない様子も最近はよく見られます。まさにこれが思春期、と思い、私自身の気持ちがまったくついていけない状態です。それは、とても、とても寂しかった。

その日は初めて三人で出かけ、車の中で「どうしてるかな」「ご飯食べたかな」と私が一人でソワソワしていると、パートナーと小五の娘は、大丈夫だよ、のびのびやってるよ、と声をかけてくれました。自分の中学時代を思い出してごらんよ、とパートナーから言われ、それもそうか、と思ったり。スヌーピーミュージアムを楽しんでから、小五の娘のリクエストであるスケートへ。私は滑れないので、スケートリンクに二人を送り出し、手を取って恐る恐る滑り出した姿をリンクサイドから眺めていると、これは家族の風景でしかないな、と思ったりもしました。

先日ツイッターを見ていたら、子育てが大変なのは生まれてからの五～六年間で、それは本当にあっという間だというツイートがあり、私は深く頷いたのでした。もちろん家庭の事情や子どもの性質で感じ方に差があるのは当たり前ですが、私の体感としては、二人とも保育園を卒園し、自分の足で小学校に通い始めたときに、何か革命が起きたように感じたのでした。毎日の送り迎えに縛られる毎日から解放されたことは大きく、どこかで分離してしまったもう一人の自分が急に舞い戻ってきて、「私」というものが再びしっかり目覚めたような感覚がありました。

革命であり覚醒、私が私に戻ったとき、一番初めにやったことは、自転車のチャイルドシートを外すことでした。自転車のチャイルドシートは、前のシートは一歳から乗せられて、後ろのシートの推奨年齢は六歳までとあります。もちろん推奨なので、ランドセルを抱えた大きな小学生をはみださんばかりに乗せて走っている親御さんを見かけることもよくあります。あれば便利なのです。でも、私はその利便性を捨て、一刻も早くただの電動自転車に戻したかった。

こういう一つ一つのエピソードを思い出すたびに、こんな私でいいのだろうか、と思ったりもします。私が母親であることが彼女たちにとって何かマイナスをもたらしているのではないかと。昔はこんなふうに思ったこともなかったのですが、中一の娘が思春期を迎え、何か拒絶されたような思いを自分が持ったとき、初めて暗い気持ちが湧き起こったのでした。

例えば、ときどきカウンセリングに通っていることは娘たちにも隠してはおらず、どんな内容を話しているかは言いませんが、カウンセリングに通っている母を持つ彼女たちの心境はどんなものだろう、とも思うのです。

私の父は一時期、布団から出てこられないことがありました。幼い私には意味が分からず、その記憶も朧《おぼろ》げなのですが、大人になって母から、あれは鬱病だった、お父さんは優しい人だから、と伝えられたのでした。それを聞いたとき、合点がいったのと同時に、自分もその血を受けついでいるのかな、と漠然と考えました。それは拒否反応というよりは、じゃあ自分がこうなるのも仕方ないよね、というちょっとした諦めと安堵でした。

中一の娘が内に籠るようになり、私は正直どうしていいのかわからず、右往左往しています。そして、私がそうさせているのなら、つらい思いをさせてごめんなさい、どうか思い煩うことなく生きてほしい、とも思ってしまうのです。

例えば幼いときに父親と死別していること。母親のパートナーがときどき家にいること。いわゆる「普通」と呼ばれる家族のモデルからは外れていること。そういうことがどんなふうに影響を与えているのだろう、とときどき考えます。もちろん私は彼女たちの人生を経験できませんが、ただただ想像しようとしています。

取り止めもなく長く、そして思いのほか暗くなってしまいました。滝口さんに宛てて書くということで、こんなにも、筆が滑ってしまうことになるとは……。

しかし、前回の滝口さんのお便り、とても長文で驚きました！　この往復書簡を始めるにあたって、文章の長さをどうしようかという話になり、締め切りがあるわけじゃないし、どこかの出版社からの頼まれ仕事でもない。そこはお互い自由にしましょうとなったわけですが、こんなにしっかり書いてくれるんだ、とすごく嬉しかったです。

そして、自分に向けられた言葉というのは、本当に贅沢なものですね。早くこの往復書簡をまとめて、私の文章はもちろん、滝口さんの文章をいろんな人に読んでもらいたいなと思います。滝口さんにとって誰かに向けた手紙という形の文章は、書いていてどうですか？

昨日初詣に行っておみくじを引いたら、友人ともども末吉を引いてしまいました。同じ末吉でも内容がまったく違い、友人は二年連続で末吉らしいのですが、少しだけ希望の光が見える内容で、それに比べて私のものはほとんど凶のような……いいことひとつも書いてない！と驚きました。ここ数年、言ってしまえば石田さんが亡くなったことほど悪いことは起きていないわけで、今年は気を引き締めなければと思うのと同時に、必要以上に引っ張られて暗くなっている自分もいるのでした。

新年早々お許しください。またお返事いただけることを楽しみにしています。

2022年1月5日

一子さんへ
思うようにならないこと

昨日は娘の保育園でもちつきがあり、朝から準備などの手伝いに行って子どもたちともちをついたり、手を繋いでかけ声をかけながら一緒にもちつきしているまわりをまわったりしてきました。僕は小さい子どもと接するのが好きなので、たいへん楽しかったです。むかし小さい遊園地でバイトしてた話は一子さんにしましたっけ。幼児を相手に乗り物をまわしたりしてたんですが、毎日楽しく、あれは小説家より向いてる仕事だったのではないかといまだに思います。

娘はまだ〇歳なので、もちつきのあいだは少し離れたところでバギーに乗せられながら、もちつきの様子を眺めたり、担任の先生に抱かれたりしているうちに、僕がいることにも気づいた様子でしたが、だからどうだということでもなく、概《おおむ》ね訳がわからない様子で不思議そうに周囲を眺めていて、ふだん保育園でこんなふうな様子で過ごしているんだなと思いました。わからないことがたくさんあって、それを眺める。

去年の暮れに、数年続けていた小説の連載が終わって、年をまたいで書きかけている仕事がほぼない、という状態で年末年始を迎えました。細かい単発の仕事はあるものの、小説を書いていない状態にあるのが久しぶりで、新鮮でした。

とはいえ一子さんも書いていたように、まったく書くことから離れるわけではなくて、あれこれと書くことについて思いは向きます。でも実際にすぐに取りかかる先として書きかけの原稿があるのとないのとではやっぱりずいぶん違うもので、小説について、書くことについて、考えることも、小説を書いているときと、書いていないときでは少し違うような気がします。書いていないときであるここ最近は、ああこういうことを書いてみたいな、というアイデアみたいなこととか、具体的な場面、断片的な文章が思い浮かんだりはするのですが、それは実際に書くこととは遠く離れたところにある物思いで、おそらくそれらがそのまま書かれることもないのではないかと思います。小説を書き出す前はいつもそんな感じです。

小説は、事前に書きたいと思っていたことを書けるものではなく、事前に書こうとしていなかったことが書けるもの、というのがこれまで小説を書いてきたなかで手元にある唯一の経験則らしきものであり、小説観みたいなものです。しかしこの経験則は小説を書くうえでほとんどなんの助けにもならないんですよね。しいて言えば、書きたいことをすらすら書けてしまっているときは小説としてうまくいっていない可能性があるぞ、と注意深くなることぐらいでしょうか。

そんなふうに、小説は自分の思うようにならないもの、というふうに思いつつ、それでもまたそのうちに新しい小説を書けたらいいな、とは漠然と思うし、具体的になにを書くかはまだ決まっていなくても、小説でなくては書かれえなかった場面を書けたらいいな、ということは思うもので、書いてなくてもそういうふうに思うものだなー、とこの年末年始は夜中に娘のミルクのお湯を沸かしたりしながらぼーっと思っていました。そういう場面というのは別に具体的なものでもないし、そう劇的なシーンや事件に限らず、一見なんでもないような時間がそのひとにとってはどうしてか忘れがたいものになる、みたいな瞬間で、そういう名前のつけにくい経験に、小説という散文の形は行き着くことができて、現実に生きているひとが経験する同じような場面を忘れたり気づきそびれてしまわぬよう支えることができるのではないかと思っています。と、これも夜中に湯を沸かしながら思いました。

夜中に子どもが目を覚まし、母親が母乳をあげているあいだ、ミルクをつくるために台所に行ってお湯が沸くのを待っている時間が僕は好きで、もうすぐ一歳になる娘はミルクを飲む量も回数もだんだん少なくなってきたからもうすぐこの時間もなくなってしまうのかなと思うと、この一年繰り返したこの時間の特別さを特別に思っておきたくなります。変な言い方ですが。

自分の作品は自分の思うようになるものではない、という認識は僕にとってとても大事なことなのですが、一方で、結局は書き手は自分に違いなく、「思うようにならないもの」と簡単に言っておしまいではどうなのか、とも思います。「思うようにならなさ」を経験しつつ、実際にどうやって作品を書き進め、書き終えるのか、そこまで言語化すべきなのではないか、とこれは夜中ではなくいま書きながら思いました。

思うようにならなさについてのあれこれは、きっと娘の日々の成長を目の当たりにしていることとも大いに関係があります。

この頃娘は、食事を与えていても、これが食べたい、と指さしたり、危ないものを手にしているので取り上げようとすると不服を訴えて怒ったり泣いたりするようになりました。そういうときに、おお個人だ、と感動します。娘が親の「こうしてほしい」という意向に沿わないこと、こちらの思うようにならない存在でいてくれることは、現実的にはいろいろ悩ましくも、その主体性に救われもするというか、それは彼女がちゃんと他者であるということで、こちらの思うようになってくれない（ご飯をなかなか食べ進めてくれないとか、夜中眠ってくれないとか）とき、そのことにちょっと安心するような気持ちを最近感じるようになってきました。これまで彼女の行動のほとんどは親が仕向けて促すような形で行われるものだったのですが、動作主が親と子にちゃんと分かれてきたと感じます。

もちろん、健やかでいてほしいとか、できるだけ楽しく過ごしてほしい、みたいな子に対する願いはあるのですが、親の願いがストレートに子どもに反映されてしまうのだとすれば、自分は親であることに耐えられないのではないかと思います。とはいえまったくコミットしないわけにもいかない以上、育児も「思うようにならない」ことどう向き合って、そのことをどう解消するかみたいなことなのかな、とか考えています。

他者であること、相手が自分の思うようにならないことは、親子だけでなく、パートナーとのあいだでも同じで、妻とはもう十年以上一緒に暮らしていますが、ふたりだけで暮らしていたときのふたりの関係と、そこに子どもが加わって三人になり、夫婦が親という子どもに対する立場や役割をシェアすることになってみて、ふたりの関係性はずいぶんと変化したと感じています。これまでと違って、ふたりが同じであることへの要請がときに強まるような。そしてそこにそれぞれに反発するような。家のなかに子どもがいることよりも、その変化の方が僕にとっては（もしかしたら妻にとっても）大きな変化でした。

それがどんなものかをここで書くのは難しくて、それは前回書いた日記の書けなさにも実はつながっているし、一子さんも読んでくれた『長い一日』という小説がエッセイとして書きはじめられたのにだんだん小説＝フィクションになっていったこととも関係するのですが、たとえば自分の生活のすぐそばにいる妻について、夫（である僕）が書くことは、もちろん文責は僕にありつつも、妻の言動や思考を奪ってしまうような部分が絶対に生じてしまう。

子どもが生まれてからはなおさらそうで、子どもについてなにかを決めようとしたり考えたりするとき、その主体が父親である「私」なのか、父親である僕と母親である妻からなる「私たち」なのかが曖昧になりがちだなと思います。単数であるはずの「私」にいつの間にかパートナーである妻を巻き込んでしまっていたり、複数である「私たち」として考えていたはずが、いつの間にかそこに妻が含まれていなかったり。

そうやって他者を虚《うつ》ろにしてしまうこと、それは文章を書くうえでごくごく基本的な、エッセイであれフィクションであれ踏まえておくべき危うさだと思うのですが、エッセイとかいま書いているような公開を念頭においた書簡や日記は、そこに書かれていることがかなり事実としての信憑性が高いものとして読まれるから、実際事実性は高いのですが、書き手の事実性と書かれる側の事実性がきれいに一致しているとは限らず、またその内容によっては文責を負い切れない部分があります。つまり、どこまで書くか、という話です。

いろんな留保の入れ方はできるし、思い切ってまるごと背負い込むみたいな姿勢もひとつの書法なのでしょうが、そこに意見の違いやわだかまりがあればあるほど、書かれたことと比例してそれを書き記すことの不適切さも膨らんでいく。だから、自分のことならばともかく、妻のことをあまり積極的に書こうとは年々思えなくなっていて、『長い一日』ではその行き詰まりをフィクションの方へ逃がしてみた、みたいな意識があります（エッセイの連載をはじめてからそのことに気づくところが迂闊なのですが）。フィクションに逃がす、という方法は、ひとによっては不埒な態度と思われるかもしれません。でも、滞るよりもなんであれ書かれたものが先へ延びていくことの尊さがあるし、延びていくなら行った先でなにかになる、みたいなのが僕の散文のフィクションについてのいまのところの態度です。

書き手としてのそういう特権性とか優位性に対する意識は、自分においても、きっと世の中においても、明らかにここ数年でとても敏感に、慎重になったところだと思います。

我が家は去年今年と喪中の正月でした。去年は一月に妻の祖母が九十四歳でなくなり、それは娘が生まれた三日後のことでした。妻はおばあちゃん子だったので、コロナの影響で面会などもなかなか難しいなか、妊娠中も何度か日帰りで福島まで顔を見に行ったりしていました。妻が出産のため入院したのと前後して祖母の容態が危うくなり、どうにかひ孫の顔を見せたいと思っていたのですが残念ながら直接の対面はかないませんでした。出産直後に義父のスマホを通じておばあちゃんはひ孫の顔をちょっとだけ見て、妻と少し話もできたそうですが、直接顔を見せてひ孫を抱いてもらえなかったこと、祖母の最期に立ち会えなかった残念さは、妻にとってきっと娘を産んだことともにずっと残るものだろうと思います。

去年の喪中は一昨年の四月に僕の父親がなくなったためで、それもコロナの感染者が急増していた、あとから見ると「第一波」のさなかのことでした。以後実家には母がひとりで暮らしています。今年の年末年始は埼玉の僕の実家に帰省しました。ひとり暮らしの母親に娘の顔を見せに、といったところでしたが、乳児を連れて不慣れな場所に宿泊するのは大変で、大晦日も元日もあまり落ち着いて食事をしたりする時間もなく、ともかく何事も娘の様子次第で、なんだか最後には全員が疲れ果てて終わったような数日間でした。なかでも夫の実家であれこれ気を遣うことになった妻がいちばん大変だったと思います。娘が体調を崩したりせず、概ね機嫌よくしてくれていたのが救いでした。

父親がなくなったことと娘が生まれたことをきっかけに僕は去年自動車の免許をとったのですが、年末の帰省も一子さんたち同様レンタカーを借りて埼玉まで行きました。行くだけなら電車の方が早いのですが、ともかく乳児連れで泊まりとなると荷物が多くなって電車だと大変です。ところが僕が車を借りるのがぎりぎりになったために、年末年始のレンタカー屋さんでは車が出払っていて、問い合わせたときにはもう配送業用のバンみたいな車しか残っておらず、妻に文句を言われつつ仕方なくそれにチャイルドシートを取り付けて帰省したのでした。見た目はあれですが、車自体は運転しやすく、荷物がいくらでも積めてよかったです。

ところで、この年で車の免許をとってひとつ楽しみにしていたことがあり、それが今年の初夢で果たされました。僕がむかしから繰り返し見る夢に、免許を持っていないのに自動車を運転しないといけない、という夢があって、なにかしら逃れられない成り行きで自動車の運転席に座り、よくわからない運転操作をしながらひやひやする、という夢なのですが、免許をとって一応運転ができるひとになったらあの夢はどうなるんだろうか、と思っていたのです。もう見なくなるのか、それとも夢のなかでは変わらずに免許を持っていない自分として同じようなひやひやを経験するのか、どうなるんだろうと思っていたのですが、年が明けて何日めかの夜、とうとう免許取得後はじめて同じシチュエーションの車の運転をする夢を見たのです。で、どうだったかというと、自分は運転免許は持っていて（無免許なのに運転をしている、というひやひや感はない）、しかし運転している車のブレーキがほとんど効かない、という別のひやひやに設定が変わっていました。

2022年1月14日

滝口さんへ
離ればなれになる道

お子さんの体調はいかがでしょうか。熱が出て大変だったと、Aさんからお花のお礼の連絡と一緒に耳にしたので、心配していました。子どもが小さい頃、特に冬はしょっちゅう体調を崩していたのを思い出します。うちは子ども二人の歳が近いので、どちらかが風邪をもらってきては、家の中で交互にうつしあう感じで、気を張っている大人でさえ、最後に順番が必ず回ってくるのでした。

あの頃、しょっちゅう聞いたフレーズが「小さいときは男の子の方が体が弱い」というものです。あれって今も言われているのでしょうか。ではうちの子は小さい頃、男の子より体が強かったのか、と言われれば、まったくもってよくわかりません。体調を崩すときは崩すし、そのときはやっぱり性別関係なく大変なのでした。体が弱い子もいるし、強い子もいる。ただそれだけのことなのに、性別が二パターンというだけで、なんだか雑なくくりをされる世の中も、もうそろそろ終わるといいなと思います。傾向はあるにせよ、決めつけはよくない。子どもを産んで、目には見えないけれど、なんとなく世の中で共有されている「こうあるべし」につまずくことが増えた気がします。

話を戻しますが、Aさんから連絡をもらったとき、私は心配していたんです。というのも、月に一度、私がお花の撮影で使ったものを、撮影の帰りに友人宅へ配ってから帰る、というのがすでにルーティン化しているのですが、基本的には声をかけずにお花だけ置かせてもらっています。その日のうちに、だいたいお礼の連絡を受け取るのですが、そういえば今回は滝口家の二人から連絡がない……。ここで念のため書きますが、お礼をその日のうちに送ってほしい、なんてことではないです。ただ、いつもの流れがないことに心配というか、不安を感じたのでした。もしかしてどこかへ泊まりで出かけていらっしゃるかも、一報入れるべきだった（年末に実家から届いた餅を持って行こうとして、流石に連絡をしたら、そのときは帰省されていました。セーフ！）。いや、もしかしたら今までのお花も、押し付けられて迷惑だったのかもしれない、まずいことをした……そんな風に勝手に考えを巡らせていました。もう一度念のために言いますが、決して咎《とが》めているわけではありません。私はこういう悪い思考回路に陥りがちな人間なのです。

良かれと思ってやっていることが、相手にとっては重荷だったりする。そのパターンかもしれない……とぼんやり数日考えていたところ、Aさんと滝口さんからそれぞれ、お礼とお花の写真が届き、ホッとしたのと同時に、お子さんの発熱でバタバタされていたことを知ったのでした。大変だった中、お礼を送ってくださりありがとうございました。もちろん、迷惑に感じたなら、それはいつでも言ってほしいのです。

と、伝えてみたところで、そんなことを内心思っていても、言われるわけがないということもわかっています。

なにせ優しいお二人なので。もしかしたら迷惑かもしれない、それを言えないのかもしれない、と裏をかくと、じゃあもうお花は渡さないほうがいい、となります。でもお花はきれいだからあげたい、喜んでほしい。でも本当に喜ばれるかはわからない。そんな風にぐるぐると考えていくと、結局は何もしない・関わらない、ということに行きついてしまう。

前回滝口さんが『長い一日』はエッセイとして書き始めたけれど、本当のことを書いていると思われるのが、その書かれた相手にとっていいことかわるいことか判断ができず、小説というフィクションに逃がした、と書いていましたが、そのことも最近よく考えていました。

私は一応、エッセイ、日記を主に書いていて、自分に起きたことしか書けない、ということをインタビューでは言っているのですが、相手のことをあそこまで書けるのはすごいですね、という投げかけを何度も受けてきました。これまではその言葉にピンときておらず、書いたことは掲載前には必ず相手にチェックをしてもらうので、と関係性があるので、なんて答えていました。本当に、なんでそんなこと聞くんだろう、ぐらいにしか思っていなかったのも事実です。

でも最近珍しく、私について書いてみたという連絡が友人からあり、同じように確認のメールが届きました。その人にとっての私に対する所感を読んだとき、正直、こんな風に書いてほしくないな、と頭で思いながらも、まあいいか、本当のことを伝えるのもな、とそのまま通したのでした。相手の書いたものは相手にとっての事実で、ケチをつけたくないというのもありましたが、そのときに覚えたちょっとした違和感は今でもしっかり残っていて、あぁ、書かれるってこういうことなのか、と身を以て感じたのでした。

もちろんこれまでも、亡くなった夫が私について書いたものはありますが（そしてそれは、同じものをみているようで、こんなにもお互い違うことを考えていたのかと驚く経験でした）あれは我々の独特のコミュニケーションだったのだと今になって思います。夫も亡くなり、最近ではパートナーや子どもたちについて書いていて、特にパートナーにとって、私の書くものはどんなに苦しいものだっただろう、と今更になって思い知ったような気がします。彼とのことを事細かに書いた本を、彼自身はまだ読めていません。読みたくないのだそうです。それでも本として出すことを許してくれた、その事実が物語っていることの大きさに、やっと気づいた感じです。

　子どもたちの成長を文字で残したい、と思って書いている部分も大いにありますが、彼女たちが大きくなった今、どこまでプライバシーに配慮して書けるだろう、とも思います。滝口さんはお子さんを「個人だ」と感じたと書かれていましたが、私はその感覚をおそらく人より感じづらいタイプの人間だと思います。特に家族については、それが顕著にあり、子どもたちが小さい頃は、心のどこかで自分の付属物、と思っていた気がします。付属物と書くととても嫌なニュアンスですが、自分が抱えているもの、抱えざるを得ないもの、という感じで、その感覚＝自分は一人じゃない、ということに救われてきた気がします。

　私が死んだらこの子たちが困る、だから私はがんばる。けれど、永遠に終わりがこないように思えていた育児も、すっかり手が離れ、子どもたちと離ればなれになる道の分岐点がすでに見えているような状態です。そこでやっと、あぁ、われわれは同一化していたわけではなくて、そもそも分離しながらも一緒にいただけだったんだ、と思いました。子どももそうですが、パートナーとの関係もそうで、私は結婚という手段を今は取る気になれず、そうなると分離しながらも一緒にいるということをよりいっそう感じさせられます。不安も寂しさもありますが、家族の外側の関係性でも強くありたい、それをどうしてもやってみたいという気持ちがあります。

こうあるべしに苦しめられるという話を最初にしましたが、最後にひとつ。今年も年末年始は実家に帰りませんでしたが、年始のお参りで末吉を引いたこともあり、百歳を超えた実家のおばあちゃんに何か起こるんじゃないかという不安が、頭の中で膨らみつつありました。それはつまり、実家に顔を出さなければいけないタイミングが来るということです。私は実母と数年会っておらず、実家にも帰っていません。このまま何も起こらず、何事もなかったかのような時間が永遠に過ぎてほしい。実家に帰らなければいけないということは、自分にとっては考えるだけで胸がくるしくなるようなことなのです。

年明け、いよいよ大きくなってきたその不安を、因数分解して考えてみました。今では実家の母とも気軽にＬＩＮＥで連絡がとれるくらいに関係は回復しています。会いたくないかと言われれば、母が今どんな感じなのか、実は知りたい。けれど、私一人では太刀打ちできる気がしない。辺鄙な場所にある実家への移動手段も、結局は親を頼らざるを得ない。

さて、では今、どうしても帰らなければならないとなったとしたら、自分はどうすれば気持ちが楽にいられるだろうか、と考えたとき、パートナーにも一緒についてきてもらいたい、と思ったのでした。こう書いていても、いや、そりゃそうでしょ、頼めばいいじゃん、と今の自分なら思えるのですが、ついこの前までの私は、血縁でもない、まして籍も入れてないパートナーに迷惑をかけるわけにはいかない、自分の家族の問題に巻き込むわけにはいかないと思っていたのでした。家族の問題は家族の中で解決するべき、という考えが、こんな私の中にもしっかりあったのです。と同時に、恐る恐るパートナーに尋ねてみたところ、まったく考える間もなく、別にいいよ、と答えてくれたことにも驚いたのでした。相手の気持ちの裏をかいて、断わられるに決まってる、と思いこんでいたのは自分だけで、相手は「お前誰なんだって親戚の人から思われるだろうけどね」と言って笑うのでした。

最近、わたしのやっている天然スタジオでは「家族写真」という言葉をなるべく使わないようにしています。家族もウェルカムだけど、家族ではない人たちももちろん大歓迎です。関係性にはいろんな形があって、私が滝口家に花を贈るように、ゆるやかに繋がってみんなで一緒に生きていけたらなと思っています。なのでTちゃんの発熱で困ったときは、うちにもぜひ声をかけてください。

2022年1月21日

一子さんへ
凡庸な感慨

お花のこと、すぐに受け取りの連絡ができずすいませんでした。たしかに先々週は子どもの発熱でばたばたしていたのですが、ひとことメッセージを送ればいいだけのことなので、すぐにやればよかったのです。

僕はお礼とか返事が遅れがちだったり、心のなかでありがとうと思って受け取りっぱなしになってしまうことも多く、妻によく注意されます。妻はそういうことにきっちりしていて、たぶん今回も、前日のうちに僕が一子さんにとっくにお礼をお伝え済と思って（届けてもらった日に、一子さんが今日お花置いてってってくれたよー、この二色の花はなんだろうね珍しいね、とか花を見ながらあれこれ話をしたので）、翌日に花瓶に入れた写真を撮ってお送りしたのだと思います。

娘の発熱と風邪は幸い数日でよくなったのですが、一子さんも書いていたように、我が家もその後しっかり妻と僕が風邪をもらってしまいました。ふたりとも娘と同じで鼻水と軽い喉の痛みが出て、娘を連れていったのと同じ近所の医院を受診して、まあお子さんからのもらい風邪ですね、ということでこちらも数日でおさまるかと思っていたのですが、僕だけ週末の夜になって少し熱が出てしまい、週明けに再度受診して結局ＰＣＲ検査を受けることに。大きな病院の発熱外来につないでもらい、いまは発熱外来激混みで三日後の木曜日の朝に自転車で（公共交通機関の利用はだめなので）十五分ほどのところまで行って検査を受けてきました。連日感染者が増えているなかでひやひやしてましたが、数時間後に陰性と結果が出て、ここ数日で体調もほぼ戻りました。

近所のかかりつけの医院の先生は、コロナの所見ぽくないから検査は受けなくてもいいという診断だったのですが、仕事とかの都合で検査を希望するなら紹介状書きますよと言われて検査を受けることにしたのは、娘の保育園のこと、ひいては妻の仕事への影響もあるからでした。休園が相次いでいるとニュースにもなっていますが、娘を預けている園もいつ休園になってもおかしくありません。園児にひとり陽性者が出てしまうと自動的に同じ組の子どもと担任の先生も濃厚接触者になってしまいます。保育園の園内にはいつも変わらず朗らかな雰囲気が保たれているのですが、裏では保育士さんや園のスタッフの方々が連日大変な緊張感のなかで園を運営しているだろうことがうかがえます。となると同居家族に発熱があった場合、陰性がわかるまではできれば子どもの登園も控えてもらいたい（もちろんそうはっきりは言われませんが）というのが園側の本音で、こちらもできるだけ協力したい気持ちもあり、僕の検査結果が出るまでの三日間は娘を家庭保育にしました。

こんな時期だし、子どもはすぐ体調を崩すのだから仕事にはあらかじめバッファを設けておかないと、とわかってはいるもののなかなかそうはいかず、先々週の娘の風邪引きから先週の僕の不調と検査による家庭保育と、断続的に保育園に預けられない日が増えたことで、両親の仕事はだんだん押せ押せに溜まっていくのでした。そのばたばたがこの週末でどうにか一旦落ち着いたかな、というところです。

一子さんがこれまで書いた本をいまぱらぱら読んでいるのですが、『かなわない』

の最初の方の二〇一一年は下の娘さんがちょうどいまのうちの娘くらいで、育児の大変さやよろこびが、以前読んだときよりも近しく迫るものとして感じられました。育児の苦労もよろこびも、ほかのひと、ほかの家族とくらべられるものではないですが、保育園をめぐる事情はこの十年でだいぶ改善されたんだなーということも思いました(同じ区内なのでなおのこと違いがよくわかります)。まだまだ不十分なところも多いですが、十年前の保育園探しも登園の準備や送り迎えも本当に大変だったろうと思うし、いま現在の当事者として当時の一子さんの記録を見るとあまりにハードで無理、と思えます。

本を通して、去年うちにも遊びに来てくれた娘さんたちの幼い頃の様子に接し、この子たちがあんなに大きくなったのかーとも思うし、そしてうちの娘も十年経ったらあんなに大きくなるのかーとも思います。凡庸といえばとても凡庸な感慨なのですが、子どもを育てているとそんなふうに多くの親たちがむかしから感じてきたのであろう感慨をなぞる感覚がたびたびあります。誰もが感じるからこそ、その感慨が紋切り型になっていき、凡庸に思えるのでしょうが、実際に感慨に浸るとき、その感慨はいまのわたし個人のものなのだから、それは個別で個人的な、代えの利かない特別なものであるはずで、そういうときに凡庸な感慨が自分のものになるんだなと思います。親とは、みたいなことを考えてしまうのもそういうときですね。良きにつけ悪しきにつけ。

上のお子さんの卒園式で一子さんが思いがけず感動して泣いてしまった日のことが『かなわない』に書いてありました。先週娘は一歳を迎え、誕生日の日に保育園に行くと、朝も夕方も、園の先生たちやほかの保護者の方たちに、おめでとうー、大きくなったねー、と声をかけてもらい、担任の先生と写った記念写真をもらったり、迎えの時間が一緒でよく顔は見るけどほとんど話したことのない年長のクラスの子が緊張した様子で僕と娘のところに近づいてきて、Tちゃんおめでとう、と言ってくれたことなどに僕はとても感動して鼻がつんとしたのでした。帰り道を歩きながら、お父さんは感動したよ、と娘に話しかけたりもしました。娘の通う園では、誕生日が近づくと玄関に子どもの名前と誕生日を写真つきで掲示してくれるので、これまでも同じ組や顔見知りの子の誕生日にはできるだけお祝いを言うようにしていたのですが、言ってもらうのがこんなに嬉しいことだとは、という驚きがありました。

そしてそれ以上に、一年前にはこの世に存在していなかった娘が、いろんなひとの生きる時間のなかに関係して、気に留められて、快い感情を向けてもらっていること、親である自分たちが見ていないあいだも、たしかに彼女は彼女ひとりで彼女の時間を他者とともに過ごして、そこには親の知らないたくさんの感情のやりとりがあるんだ、と思い知ったことに感動したのでした。

これは前回僕が書いた、娘を見て「個人だ」と感じる感動と同じようなことですが、一子さんが前回書いていた、子どもが自分に付属しているという意識、抱えざるをえないもの、という意識や圧をたぶん僕も多少感じていて、それを否定できる局面を実はいつも探しているということなのかもしれません。

僕も自分の両親に対する複雑な気持ちはいろいろあるのですが、わりと小さな頃から親に対して距離を置き、遠慮がちに接していたような気がします。小さい頃にまわりにいる同年代の子が、親に対して喜怒哀楽を全身で表現している場面に出くわすと（お店でこれを買ってほしいとだだをこねるとか）、自分はそんなふうに本心を全力で表明できない、と思っていました。それはいまから思えば自分なりの保身とか処世術で、その後長じてからも親に対しては決定的なぶつかりを避けるための距離を調整しながら接してきたと思うし、ある時期からは親の方も共同的にそのような関係の維持に努めているような印象で、これも双方が言わば合理的にそうしているという、なんともドライな親子関係だったのかもしれません。いいか悪いかわかりませんが、正解などないだろうし、そうなったんだから仕方がないというふうに思います。もっとも父親が一昨年になくなってしまうと、もう少し腹の底を聞いておきたかった、とか腹を割って話す機会があってもよかった、という気持ちにもなり、けれどもこれはもういないから思うことなのだと思います。話せなかった、という関係のあり方もまた、なんでも話せた、という関係とくらべて一概に虚ろなものではないのではないか。残された方はその話せなさについてその後もときどき考えるのだろうから。

みたいに、家族という共同体への帰属意識はだから僕はたぶん薄くて、それは結婚してからも、娘が生まれてからも、あまり変わっていないように思います。帰属意識が薄いというのは、家庭や家族を顧みないということでもなく、どうせ一緒に暮らすならできるだけいい関係でありたいし、いい関係であるために必要な条件を整えたいと思うのでそのことに努めるのですが、それは人間関係全般においてだいたい同じ考えなので家族に限った話ではないと思っていて、では家族とそれ以外で違うことはなにかと考えると、一緒にいる時間の長さくらいだろうかと思い至りました。もちろん家族の形はいろいろあって、そこに流れる時間の長さも質も一様ではありませんが、長く一緒にいる（いた）ことが僕にとって家族らしさを唯一支えるもののように思います。逆に言えばそれ以外にあまりぴんとくる要素がない気がします。……ちょっと極端に言いすぎかなあ、と書いてて少し心配になりますが。

前回の手紙にあった、一子さんのパートナーが一子さんの実家に行くことにあっさり「いいよ」と応えたことに僕は勝手に共感しています。僕も妻の実家に行くのは好きでした。妻は実家との関係がこじれ気味で、おばあちゃんがいたときはおばあちゃんに会いに行くのが帰省のいちばんの動機だったのですが、おばあちゃんがなくなってからは（コロナの影響もありますが）帰省する理由がなくなってしまったような具合です。まだ娘も連れていっていないので、あまり気乗りしないようなら落ち着いた頃に僕がひとりで娘を連れて行って向こうの親に顔を見せてこようかなとか思っています。それはそれで楽しいかも、とか。

共感ついでに思い出したのは、もう十年以上前になりますが親しい友人（『長い一日』の「窓目くん」です）とお盆に九州に旅行に行って、友人が当時熱烈に片思いしていた女の子のお母さんの実家に泊めてもらったことがありました。その子の実家ですらなく、その子のお母さんの実家です。その年のお盆はその子のおじいさんの初盆で、孫にあたるその女の子だけでなく、親戚一同が老人から子どもまで数十人集まっていました。そのなかに全然関係のない僕らが交ざって、一緒にバーベキューを食べたりしていたのは、とても奇妙な状況でした。当然、あのひとたち誰？　となるのですが、東京から来た○○ちゃんの大学の友達のひとたち、と説明されていました。厳密には僕は大学の友達でさえありません。でも、親戚のみなさんはみんな優しく接してくれて、長年連れ添ったおじいさんをなくしたおばあさんが、おじいさんはひと好きだったからあんたたちみたいなひとも来てくれてよろこんでるわ、と笑顔で言ってくれました。

誰かと一緒にいる、ということはそのひとの生きてきた時間にかかわり、引き受けることでもありますよね。結婚してできた、僕から見ての義理の両親やきょうだいたちは、僕にとっては、妻と長く一緒にいたひとたちで、その長さに僕は妻を介して緩やかに接続しています。その緩やかさゆえに、遠く距離を置いておくこともできそうだけれど、僕はどうせならとかかわりたがる性質で、そのうえでどんな距離感がちょうどいいのかを見定めていくのですが、もちろんそうなんでも思い通りにいくわけはないし、なにより妻の意思や感情を無視するわけにもいかないから、長い時間に依る、という素朴な家族観も現実にはなかなか複雑な様相になりがちで、自分の両親や親戚を含め、実際には難しいこともたくさんあります。ただまあ、ひと付き合いというのはそういうものだと思います。難しくて面倒もあるけど、おもしろいことも多い。

そうそう、一子さんがいつも届けてくれるお花は、我が家を文字通り彩ってくれています。迷惑だなんてとんでもない。僕は、贈り物のなかでいちばん素敵なのは花だと思います。

いつもこっそり置いていってくれるから、夕方娘を保育園に迎えに行くときに玄関を出て、あっ！　と気づくことが多く、今月もそうでした。その瞬間の僕の心の華やぎは、きっときれいにお花を用意して届けてくれる一子さんがうちの玄関や、いろんなお友達の家のドアの取っ手に花の入った袋を静かにかけていくその瞬間ときっと同じです。

そして、心配になったことを教えてくれてありがとうございます。今度からは、簡単でも、お花をちゃんと受けとりましたよの連絡をささっとするようにしますね。そしてたまにはピンポン鳴らしてお茶でも飲んでいってください。

2022年1月31日

滝口さんへ
さびしさについて

先週は大変だったようですね。大変なときは声をかけてくださいと言いつつ、コロナの状況だと簡単にそうはいかないから困ったものです。二年前にコロナが流行り始め、一斉休校が急に決まったあたりから、小さなお子さんをお持ちの家庭はどうなってしまうんだろう、と思っていました。うちの子どもたちは幸い、二人でも留守番ができるようになっていたので、私が出かけなければいけない仕事に影響はなかったのですが、子どもを家に一人で置いてはおけないという家庭が山のようにあったはずで、これからどうしたらいいの？という親御さんの不安が、世の中の空気を覆っているように感じていました。

今は今で、保育園や幼稚園の休園が相次いでいるようですね。娘たちの通っているる学校からも、ぽつぽつと陽性者が出たと連絡がきます。学級閉鎖をしているクラスもあるようですが、不織布マスクをしていれば濃厚接触者には当たらないということで、今のところ毎日いつもどおりに通っています。その代わり、予定されていた学校の行事は軒並み中止や延期で、校外学習はもちろん、学年をこえて交流する目的のたてわり班活動もなくなってしまいました。本当に、人と関わる、ということが絶望的に難しくなるのがコロナの悲しいところだと思います。感染者数もこんなに増えてしまい、ついこの前までは娘の友達もしょっちゅう家まで遊びにきていたのですが、行き来は難しくなってしまいました。

滝口さんの家に最後にお邪魔したのはいつだったか思い出すと、まだ出たばかりの『長い一日』を渡してくださったときで、今、本を取り出して初版の刊行日をチェックしたところ、六月!?となりました。あれから半年以上が経っている……。家が近いこともあり、ちょこちょこものの受け渡しなどで顔を見られてはいるのですが、ゆっくり腰を据えてお話ししたのはあのときが最後なのですね。Tちゃんも一歳になる前に、近所のスーパーで待ち合わせたときに顔を見せてもらいましたが、さらに顔つきがしっかりしたのだろうな、と想像します。

思えば、一番初めにお家へお邪魔したとき、Tちゃんはまだギリギリ首がすわっていなかったような。滝口さんがTちゃんを抱っこして、台所に立っている写真を撮ったので、その光景を覚えているのですが、あの頃はまだ両手で全身を軽々と支えられていましたね。おそらくそのときも、コロナを気にしながら集まったことでしょう。思いのほか家が近かったことや、楽しい時間に、あー、この人たちともっと関わりたい、と強く思ったのでした。

いただいた『長い一日』を読んで、強く印象に残っている箇所がわりと最初の方に出てきます。登場人物たちが暮らしている家の一階には大家さん夫婦が住んでいて、東京の世田谷という土地柄なのか、その人たちの性格なのか、必要以上に距離を詰めず「私はそこにほんのわずかな物足りなさというか、寂しさを感じることがないでもなかったのかもしれない。もっと頼ったり、近づいてきてくれてもいいのに、というふうに。」と書かれていて、私はその一節に強く共感したのでした。

最近、さびしさについて考えることが増えました。自分の感じるさびしさは、どこから生まれ、どう自分に影響を及ぼしているのか。私にとってさびしさは、ときどき道を間違えるネックとなるものでもあるのですが、自分の表現はほとんどそこから生まれているのかもしれない、とも思うのです。こうして滝口さんに往復書簡を提案して、今書いていることも、さびしさから逃れるため、そんな風にもいえます。

前回の窓目くんの片思いの相手のお母さんの実家に行った最高の話（窓目くんが実在するという事実にまず歓喜）を読んでいて、私も思い出すことがありました。二十二歳頃に付き合っていた人のことです。

その頃私は専門学校を卒業し、フリーのカメラマンとは名ばかりの、バイトに追われるフリーターで、居酒屋のキッチンでバイトをしていたのですが、そのときにバイト先で知り合ったのが当時大学生の彼でした。彼は日中は大学へ通い、大学と住んでいた実家の中間にあるバイト先で、十八時からの夜の営業にホールとして働いていました。帰りは〇時前で、しょっちゅうそのまま実家にお邪魔したものです。もちろん、実家に泊まってもいいものかと、最初は心配だったのですが、朝目が覚めると、私の分もきっちり朝食が用意されていて。驚いたけれど、純粋にとても嬉しかった。息子の彼女もちゃんと尊重する。この人はとても大切に育てられているのだな、と思ったのでした。

お母さんはよく働く人で、私たちが起きるとすでにいないことも多く、あまり出くわした覚えはないのですが、あるとき、改めて夕飯に招待されたことがありました。すでに離婚していて、近所に住んでいるお父さんと、当時まだ高校生の弟も一緒に食卓を囲み、一家に交ぜてもらったような感じで、緊張したけど、なんだか楽しかった。台湾生まれのお母さんが作る美味しいおかずがたくさん並び、漂う八角の匂いは今でも覚えていて、家の間取りや台所の雑多な雰囲気、テーブルの濃い木の色も思い出せるのに、彼の家族の顔はおぼろげで、そのことになんだか少し寂しくなります。

食べ物の記憶って私にとってはとても強いもので、東京へ来て初めて住んだマンションの大家のおばあちゃんが、ときどきドアノブにおかずを引っ掛けてくれていたことも思い出しました。年季の入った雪平鍋の中には、にんじん、ジャガイモ、さつまあげが入った茶色い煮物が。ちらしの裏紙に手書きのメッセージ。どうしてそんなふうに気にかけてくださったのか、もう一切思い出せないけれど、あのときも嬉しかった。東京へ来て数年の間の話で、いつも心細かった私を支えてくれた大切な思い出です。どちらの話も、もう二十年近くも前のことなのに、ちゃんとお礼ができたんだっけ、とか、どうしてもっと関わろうとしなかったんだろう、とか、後悔や罪悪感も混ざっています。他にも思い出せる、突撃！隣の晩ごはん的エピソードはいくつもあるのですが、そうやって、既存の家族の中に入っていくのが、昔も今も無性に好きなのでした。

思えば、物心ついた頃にはさびしさを植え付けられていたのだと思います。私のさびしさの原風景は実家です。山に囲まれた人の少ない田舎という環境もさることながら、家の中で、誰とも心が通じあわないさびしさ。あるとき母親に対して、この人に自分の本心を話すのはやめよう、と強く決めた瞬間がありました。自分の一番近くにいる、一番わかってもらいたい人に対して求めることを諦める。まだ幼かった私には絶望でもありました。ここにいては窒息してしまう。高校を卒業したら家を出ることを早々に決めていたのですが、東京という街に、私は人を求めて出てきたのだなあと今になって思います。これだけたくさんの人がいれば、誰かいるはず。誰か、私をわかってくれる人が、必要としてくれる人が、通じ合える人が。そんな風に心の底で願っていたように思います。

同時に、今になってやっと母のことを考えられるようになりました。私にはあの場所から逃げ出す選択肢があった——結局はそれもあの家から与えられた選択肢という名のチャンスで、選択肢なんて言葉さえ最初からなかったかもしれない母のこと、父のこと。滝口さんがお父さんに腹の底を聞いてみたかったと思われているように、私は、母といつか話してみたい、とも思います。それは時が経った今だから思えることで、やっぱりタイミングがあるのだと思います。歳をとることで、おそらく母は小さくなっていく。それに反比例して、私はきっとまだまだ強くなる。なんとなく、そこが逆転する瞬間にしか、対等に話はできないのではないか、そんな風に感じています。とはいえ、話せなかったとしても、それはそれでよかったのだと思いたい。こうして母について少しでも明るく思いを馳せられるようになっただけでも十分というか。積極的に関わらなかった時間の中にも、やっぱり「家族」の時間はあったのだと思います。

娘たちが生まれて、この人たちのために私は生きなければいけない、と思ったのと同時に、滝口さんも書かれていたように――それを否定できる局面を実はいつも探している。親である自分を引き受けたのと同時に、失ったものに対する執着が私は大きすぎました。それもやっと、娘たちが親離れをしようとしている今、慣れてきたというか、受け入れられるようになってきたところで、あぁ、私はまたひとりになるのだな（もしくは、戻るのだな）と再び心構えをしています。それは以前持っていた絶望的なさびしさからくるものではなく、一緒に過ごした時間が作った安心感のようなものを含んだ、希望のあるひとりです。さびしさは、おそらくこの先、誰といてもなくなることはないでしょう。それでも、これまで積み重ねてきた誰かと一緒にいた時間が、それを軽くしてくれることはあるかもしれない。そんな風に今は思えるようになってきました。いざひとりになったとき、私はどんな風にものを見て、書くのだろう、と今から楽しみでもあるのです。

２０２２年２月３日

一子さんへ
「み」の距離

今日東京は積雪の予報で、午前中から雪が落ちていますが、湿った感じの雪だからか窓の外を見るとまだ積もってはいません。でも寒いです。今年の冬、我が家は寒さに耐えきれずついに石油ストーブを買いました。昨年までは暖房と電気カーペットとヒーターでしのいでいたのですが、古い木造の建物で気密性が低いのでなかなか暖かくならず、加えて今年の冬は子どもがいることもありなにかと電化製品の稼働率が高くて連日ブレーカーが落ちるようになり、ブレーカーは上げればいいのですが、給湯器の時刻設定とか暖房の風向設定がその度に初期化されるのが地味に面倒だし、電気代もえらいかかるわりに一日中寒いので、思い切ってストーブを買ったのでした。日に日に活発に動き回るようになる子どもがいるので室内に火がある状況をつくるのは心配もあったのですが、使ってみると暖房効果の差は歴然としていて、数年来の冬の悩みが一瞬で解決しました。すげーあったかいです。一応子ども用にストーブガードを設置し、しかしいずれにしろケージを出していない日は娘はどんどん部屋中を移動して目が離せず常時監視下にあるためあまり関係なく、いまのところこの石油ストーブは最近買ったもののなかでダントツのいい買い物です。

昨日保育園に娘を迎えに行ったら、園内で遊んでいるときに娘がほんの一瞬どこにもつかまらずに立って一歩歩いた、と担任の保育士さんが教えてくれました。そして今朝、登園前に娘と遊んでいたら、一秒くらいですが僕につかまらずに立っていたので、おおすごい、と思いました。一歳を過ぎてからの変化は日々めざましいものがあります。最近観察していておもしろいのは、娘の発音のバリエーションが増えたことです。たぶん喉を使って音を出したり、これまでと違う舌の使い方を覚えたことで、アルファベットで表すと、grgrgrとか、krrrみたいな声をあげます。これまでは

「んまー」とか「ぱっぱっぱ」とか、いわゆる喃語らしい音だったのですが、最近の音は僕の耳にはとても新鮮で、ちょっとモンゴルとかロシアとかの言葉みたいに聞こえます。日本語の音声が身体化している僕は同じ音を出そうと思ってもなかなか真似ができません。母音と子音を組み合わせた発音はまだできないから、日本語にはないような子音の音を出したり、子音を続けて発音したりしているようで、言語ができあがる過程を見ているみたいでおもしろいです。

さびしさについて一子さんが書いていたことを、ここ数日持ち歩くように考えていました。一子さんの表現の根っこにさびしさがある、というのは言われてみるとよくわかるような気がします。一方で、生きている時間にずっと根を張っているようなさびしさを、僕はなかなかリアリティのあるかたちでは想像ができず、それゆえうまく理解ができないでいます。これはいまにはじまったことではなく、以前から気づいていたことでした。

妻からさびしさについて話を聞かされたことがありました。妻は一子さんとよく似ているかもしれない、いくつになっても誰といてもずっとさびしい、という感覚があるそうです。そう言われて、彼女がそういう感覚を抱えているということはわかるのだけれど、それがどのようなことなのか、どんな心許なさなのか、そのときそのリアリティを僕はうまく想像ができなかったのでした。

家族や友人や環境に恵まれていたから、そんなさびしさは理解できないんだよ、と言われたりもして、違う環境で生きてきたのだからそう言われるとそれ以上否定も反論もできないし、実際その通りなのかもしれないけれど、やっぱりそれもちょっと違う気がしているというか、受け入れたくない気持ちがあって、それはそういうふうに差異や隔たりを環境要因みたいな話に収束させてしまうことの絶望に精一杯抗いたい気持ちがむかしからあって、その絶望への抵抗は芸術とか表現にかかわるひとが真摯に取り組むべきことだと思っているからです。この引っかかりがまたさびしさについての想像と理解を遠ざけてしまうかもしれないのですが。

たしかに自分にはさびしいという感情が希薄なのだと思いますが、この数日でもう少しよく考えてみたところ、さびしい、という感情じたいはあるのだけれど、僕にとってさびしさはとてもはかないもので、自分の感情として長くとどまることがない、ということなのかも、と思いました。だからさびしいという感覚はわかるし、そう感じることもあるのだけれど、それが自分の行動とか表現とかの動機になることはほとんどなく、すぐに静かに過ぎ去っていってしまう感情のような気がします。前回のお手紙で引いてくださった『長い一日』のなかの大家さんに対する「私」の述懐は、現実の僕が同様に思っていたこととほとんど同じですが、やっぱりさびしさを感じつつ僕は（そして作中の「私」も）大家さん夫婦に対して積極的に距離を詰めようとはしませんでした。

感情は形のないものだから、僕が思う「さびしさ」と一子さんの「さびしさ」はもちろん同じじゃなくて、こうして考えていると自分はほかのひとが「さびしさ」と呼んでいるものを「さびしさ」ではなく「かなしみ」と呼んでいるのではないか、と思えてきたりもしました。「さびしさ」と「かなしみ」は違うけれど、まったく隔たった感情ではなくて、僕が束の間感じる「さびしさ」は僕が「かなしみ」と呼ぶ感情に吸収されているのかもしれません。

呼び方の問題といえばそれまでだけれど、やっぱりさびしさとかなしみは違うと思う。さびしさにくらべて、かなしみはどこか過去形の、過ぎ去った経験という感じがします。「かなしい」は「かなしさ」にも「かなしみ」にもなるけれど、「さびしい」

は「さびしさ」にしかならず「さびしみ」とは言わない。「み」がつくと自分の感情からより離れた、自分と一旦切り離された感情になるような気がします。この「み」によって生じる距離が僕にとって必要なのかもしれません。これは言語学の研究とかにあたればちゃんと答えがあるはずで、もしかしたら僕の見当は全然違っているかもしれませんが、僕は「さびしい」には「み」をつけることができないから、「み」をつけられる「かなしみ」の方にその感情を送り込み、さびしさを自分から遠ざけつつ、その感情に脅かされないようにしているのかもしれません。どうだかわかりませんが、そう考えるとそういう思考が働いているような気もしてきます。

僕は感情的であることをきらうようなところがたぶんあって、実際自分自身も感情の発露は喜怒哀楽いずれにおいても少なく、抑制的な方だと思います。文章を書くようになると、その性質は書くことと通じていると思うようにもなりました。文章という方法は絶対に事後的なものでしかなくて、それと同じように自分の感情もまたリアルタイムにではなく、事後に送り込まれるものと考えてしまうような。それは単に、感情をその場でうまく表せない、ということでもありますが、しかしそのことであまり自分的には損はないしそれで構わないとずっと思っていたのですが、最近は自他限らず怒りに対する耐性が弱い（怒ることが苦手、怒っているひとも苦手）ことはもしかするとときに逃げ口上として働いているかもしれないとも思うようになりました。具体的には、たとえばフェミニズムであるとかそれ以外のアクティビズムにおいて、しばしば怒りは重要な表現になり紐帯となりますが、怒りの感情がそれらの活動において前景化しているとき、その発言や主張にうまく距離がとれなかったり及び腰になることがままあって、その理由を自分の怒り耐性のなさに求めてしまうことがある、と気づきました。でも、それは問題の本質とは全然関係がない話で、すべきことは怒りの原因となる問題に対する態度や考えを持つことなんですよね。別に一緒に怒らなくちゃいけないというわけではないし、怒りの表現方法について違和感を持ったっていいいんですが、それを理由にそこにある問題自体から遠ざかるべきではない。もちろん自分の属性が怒りを向けられる対象である場合もあって、その場合であっても考えるべきは怒りではなくそのもとにある問題で、そこについて考えずに、そんなに怒んないでよ、と言うのはやっぱり逃げ口上だと思う。怒らないで、と言う自由はもちろんあるけど、それは怒りの理由を考えなくていいという話ではなく、別の問題なんだよなーと。まだまだ思考訓練中という感じですが。

僕は知っているひとでも知らないひとでも、他人と一緒に過ごしたりかかわったりすることがどちらかというと好きだし、苦手ではない方だと思います。でも、といっていつも誰かと一緒でなくてはいられない、というわけでは全然なく、ひとりでいる時間も好きだし、特に小説を書くうえでは、ひとりでいる時間がある程度ないと書けない、と思います。書くときにひとりじゃないと書けない、という意味ではなく、ひとりでなにかしたり、本を読んだり、散歩をしたりする時間が、間接的に自分の書くものを支えてくれるのだ、と思っています。それは一子さんのさびしさ、僕のかなしみにもつながると思うのですが、文章は、そこにいない時間や場所のことしか書けないので、ひとりでいるときに、いま一緒にはいない誰かのことを思うという時間、その作業がとても大切で、ちょっと極端に聞こえるかもしれませんが、小説の動源はすべてそこにある、つまり誰かがなにかを思い出すことにある、と僕はいまのところ思っています。

ちょうど一年前、娘が生まれて十日ほど経った頃のことです。退院後は家族で僕の実家にしばらく滞在していたのですが、おむつやなにかを買うために僕がひとりで近所の店まで歩いていたとき、むかし通っていた中学校の校庭の前を歩きながら、ふと娘の顔が思い浮かびました。そして打たれたようにはっとしたのですが、そのときにはじめて僕は娘を「思い出す」ことをしたのでした。それまではほとんどずっとすぐそばで様子を見ていたし、生後間もなくまだ名前もない娘は顔つきも体つきも曖昧で、見るたびにはじめて見るような感じで、娘の前を離れるともううまく思い出すことができないような存在でした。でもその日、僕はひとりで歩いているときはじめてぼんやりとながらも離れた場所から娘のことを思い出したのでした。妙な話ですが、その瞬間にはじめて、ああ自分には娘がいるんだな、と思えた気がします。

今回は家事について書こうと思っていたのに、全然違う内容になってしまいました。雪は予報で言ってたほどではなかったけれど、娘を保育園から連れ帰る夕方頃から積もりはじめ、夜には窓から見える庭や隣の小学校の畑が白くなっていました。

２０２２年２月11日

滝口さんへ
誰かと一緒に生きること

今日は朝起きてから生理前特有の頭痛とだるさがあり、こういうときこそ歩こうと、家から事務所まで二キロほど歩いてきました。いつもは電動自転車に乗って移動するのですが、天気も良いし、のんびり歩き始めたら、日差しが暖かくて、確実に春に近づいているようです。風もだいぶ穏やかな気がします。つい二日前には、東京は今年二度目の積雪予報があり、夜には雨が雪に変わって降り出した瞬間を、たまたま外にいた私は目撃したのですが、そのときも気温がそこまで下がっている感じがなかったので、やっぱり積もりませんでした。私は凍った雪道が苦手なので、今回は春が冬に勝ったのだと喜びを感じています。

石油ストーブを買われたとのこと。うちも、今住んでいる家に引っ越してきた年に、ガスファンヒーターを導入しました。エアコンの暖房だけのご家庭も多いと思いますが、私は乾燥が苦手で。全人類にガスファンヒーターをお勧めしたいくらいですが、最近の新しいマンションには、ガス栓がそもそも引かれていないらしく、あったとしても使用禁止のところも多いそうです。エアコンと違って定期的な換気が必要なので、確かに危ない面もありますが、スイッチを押して三秒後には暖かいので、本当にありがたいです。

うちの実家も石油ストーブでした。着火してから暖まるまで、少し時間がかかるので、朝起きて家族の誰かがつけてくれていたらラッキー。運悪く自分が一番に当たったときは、寝起きで寒い中ぼんやり赤い火を眺めていたことを思い出します。東京だと石油はどうやって調達してくるのでしょうか。たまに石油を積んでいるらしきトラックが、音楽を鳴らしながらゆっくり走っているのを見かけますが、焼き芋を買うみたいに財布とポリタンクを持って走って追いかけるのでしょうか。思えば、実家もどうしていたんだろう、と内実はよくわからず、納屋の寒い場所に、石油の入ったタンクが常に置いてあったので、家の誰かがそれを切らさないように買ってくるなり手配をしていたのだろうと想像します。そういった細かな家事の繰り返しで日々の生活が成り立っていたのだなーと気づくのは、やっぱり家を出てからでした。あのときに覚えた給油ポンプの使い方と、タイミングをミスって勢いよく溢れさせた思い出。この先もう一度、石油ストーブを使う瞬間があるのだろうか、と思うと、それはまた違う環境にいる未来の自分なのだろうなと想像します。

しかし、春近しといえどやっぱり二月、まだまだ寒いですね。あったかいところに行きたいとみんな言うけれど、あれって気持ちが少し楽になるからかな、と思いました。寒さって体にも心にも厳しいところがありますよね。私は夏の暑さが苦手なのですが、それでも、冬よりは気持ちが楽であることが多い気がします。いろんなことにおおらかになれるというか、その暑さでいやでも紛れるというか。太陽の眩しさや明るさは冬にもありますが、それとはまた別の次元で、毛穴も心も開く雰囲気があります。それに比べれば冬はやっぱり閉じている。

前に住んでいたマンションは、最初エアコンが一台もついていなかったのですが、さすがに東京の暑さで、真夏の日中に発狂しそうになったことがありました。水風呂に入ったりしてなんとか気を紛らわせていたのですが。大人だけならまだ耐えられると思っていたものの、子どもが生まれた年にあっさりエアコンを買いました。子どもにこんな思いをさせたくないと思うと、わりとすぐに行動に移せることは多いです。エアコンを一から取り付ける工事は結構大変なものだったのですが、背に腹はかえられぬ、という感じでした。

前から多くはあるのですが、家族に関する本の書評依頼が最近立て続けに入り、そのたびに自分の家族について思い出しては書く、というのをやっていました。それもやっぱり明るい話ではなくて、家族について書こうとすると、自分の寂しさの原体験みたいなところを簡潔にでも書かざるをえず、今現在はそのときよりも家族との関係はよくなっているにしろ、ふと、こういう書き方を、私はいつまでやるんだろうと考えました。それはおそらく、自分が乗り越えられるまでだろうと。そのときがくるのかどうかわからないけれど、おそらくそういうことなんだろうと。

さみしさやかなしみについての滝口さんのお話を読んでいて、私にとってのさみしさはかなしみの手前にあるもので、かなしみのほうが重たく、さみしさはそれよりもまだ軽いという印象を持っています。重たくて強い・ヘビーな状況にあると想像される悲しみにまで行きつかないように、私は寂しさで耐えている。

寂しさは表現するうえで大事と思いつつ、子どもたちにはそれをあまり感じさせないように注意を払っている自分がいることにも気がつきました。特に、夫が亡くなってからは、正直、私一人の責任で子どもたちが育つことが恐ろしかった。責任を取れないということではなく、一緒に暮らしていて、まして庇護下にある子どもたちにとって、私の影響がどうしようもなく大きくなってしまうことが恐ろしかったのです。そこには「わたしなんかが」という不安と自信のなさがあります。なので、その影響をなるべく分散させたいのと、子どもたちにとって寂しい思いをさせないようにということから、家の中には入れ替わり立ち替わりいろんな人が出入りする状態を目指していました。コロナ禍で人を招待することが難しくなってしまったのですが、家族以外の人間がいることでできる風通しの良さを常に意識しています。

亡くなった夫と暮らしていたときは、子どもが小さく手がかかったこともあり、こんなに大変なことに誰かを巻き込むわけにはいかないと思っていたし、自分の中に、家族のことは家の中で解決しなければいけないという、生まれ育った環境で植え付けられた固定観念がありました。当時は、家族を外に開くということを自分に許すことも難しかったのですが、夫の病気による不在で、一気にタガが外れたような気がします。それが今も続いていて、だからなのか、結婚というものには、自分たちの周りに柵が置かれてしまうような気がするのです。

つい先日の雪の日に、パートナーとささいなことで喧嘩になったのですが、家の中で喧嘩をするのも嫌だったので、私は家を飛び出しました。そのときに雨が雪になる瞬間を見たのですが、こうやって家が一つしかなければ、喧嘩をしたとしても、話し合える場所がありません。私が一番に懸念しているのは、やっぱり子どもたちへの影響で、二人が喧嘩をしている姿、というよりは私が悲しむ姿は絶対に見せたくないと思っています。それでいたたまれなくなり、私は一人で家を出て、雪の中、友人に電話をかけながら歩いていました。パートナーとの喧嘩の原因が、こちらの家へ着く時間がわからず、連絡もとれず、その身勝手さに腹がたったということだったのですが、相手から言わせれば、家が別々であること、ひいては私が一緒には暮らせないと前に伝えたことが原因のようでした。私にとってそれは目から鱗で、まさか相手が一緒に暮らしたいと思っているとも、それを言い出せず、なんで自分ばかりが我慢しているのだろうと感じていることも想像ができていませんでした。私には子どもがいるし、パートナーは若く、まだ学生でもあり、未来がある。まずは生活でも仕事でも一人で自立してほしいと思いつつ、それを盾にして、相手が本当はどう思っているのか、どうしたいのかはあまり考えないようにしていました。

籍を入れて、誰かと正式な家族になるということはやっぱり考えられないのですが、一緒に暮らすことで、私の寂しさを軽くすることはできるのだろうなと思いました。私は心のどこかで、家族になったって寂しい、だったら一緒に暮らして家族のような形をとることは意味がない、という風に諦めていたのかもしれません。ガチガチに固定化されて身動きがとれなくなるくらいなら、いつでも流動可能な形の方がいいと。がんじがらめにも思えた自分の育った家の印象から、どうしても希望がもてなかったのです。また、一緒に暮らすことは「家族」と同時に「結婚」も意味し、それは柵の中に入れられる以上に、世の中からすればどうしたって男性が上で、自分が付属物としてみられるようになってしまう。家族以上にやっかいに思っているのが結婚なのですが、これはまだまだ言語化できそうにありません。

パートナーから、どうしてそんなに結婚が嫌なの？と聞かれ、思っていることを精一杯伝えてみたのですが、自分自身、どこか芯が見えていない気がします。彼からは、今考えていることを文章に残した方がいいよ、とも言われましたが、まだ今ではないのかもしれません。

もっと自然に、今、一緒にいることが当たり前だから共に暮らすという形もあるのだと、今回のことがきっかけで思えるようになりました。寂しくならないために人と暮らす、自分にとって誰かといることが命綱になることもある。寂しさに殺される、と思ったことのある私にとって、一緒にいるのがそういう理由だって別にいい。家族のかたちを流動的なものとして捉える試みが、やっと始まったような気がします。

私も今回、別のことを書こうと思っていたのですが、寂しさでここまで話が広がってしまいました。

最後に、表現者が独りであることについて書かれた、ある文章を紹介したいです。二〇一五年に亡くなった画家の中園孔二《なかぞのこうじ》さんという方への、画家で彼の先生でもあったＯ ＪＵＮさんの追悼文なのですが、私にとってこの文章は、なぜかとても大事な位置にあります。知人でも、まして生前に作品を知っていたわけでもないのに、彼の生きていた姿がＯ ＪＵＮさんの文章から見えてきます。

あるとき、Ｏ ＪＵＮさんが教え子だった中園さんらを誘って、山梨の限界集落での滞在制作へ行きました。滞在中、中園さんはしょっちゅう夜中に宿舎を抜け出し、朝方戻って来るのだそうです。心配になったＯ ＪＵＮさんが本人に聞いてみると、夜中じゅう山中を歩いていると聞かされたと言います。

灯火一つない闇の山中を彼が一心に歩いている姿を想像して不思議な男だなと思った。独りであること、あるいは独りになることが彼には絶対必要で、そこから彼が絵を描く場処までは程近い。形や色彩をばら撒くような眩いばかりの夥しい作品はそういう場処で描かれたのだ。とはいえ、彼には親友や親しかった人たちがいた。家族にも深く愛されていた。葬儀は暑い陽盛りのなか、彼を慕う人たちが大勢集まりその突然の別れを悲しんだ。

『美術手帖』二〇一五年一一月号「INFORMATION」より

私は一度も会ったことのない中園さんが、海に泳ぎ出している後ろ姿や、暗闇の山の中を独り歩いている足音を、なぜかありありと想像でき、またその姿を思うと、自分の持っている寂しさが、少しだけ軽くなるような気がするのです。

２０２２年2月15日

一子さんへ
子どもの性別

この一週間ほど、娘がどこにもつかまらずに立てるようになりつつあります。ふらふらっと短い時間立つことは少し前からあったのですが、ここ数日は本人も立てるようになってきたことを明らかに意識して立つ練習をしている様子です。

お尻をついて座った体勢から頭と上体を前に傾けて、床に両手をつき、それを支えにお尻をぐっと持ち上げる。そこから足を踏ん張って膝を伸ばすと、お尻を上に突き出したような体勢になり、以前はこの体勢から膝を折って四つ這いになりはいはいをしていたのですが、いまはお尻の重さを膝で吸収しつつわずかに腰を落とし、代わりに少しずつ頭を上げ、天秤みたいに頭とお尻の重さのバランスをとっています。それから床に突いていた手を片方ずつゆっくり床から離し、背中を起こして立ち上がります。はじめはごく一瞬でしたが、足や腰がしっかりしてきて、背中やお腹にも力が入れられるようになって、一日ごとに足の幅や重心の置き方も体得してきたようで、立ち上がり方も立っている状態も安定してきました。うまく立てるとどうだというようにこちらを見て笑うので、すごいねえ、と言うと、立ったまま自分で手を叩くようにもなりました。立つ、という自分にとって新しい動作ができること、保育園にいるほかの子やまわりの大人たちと同じことができる、ということを驚きつつ楽しんでいるように見えます。

前に子どもを連れて公園にいたら話しかけてきた犬を連れたおばさんがいて、娘を見てもうすぐ立って歩く頃だろうと言うと自分の孫たちが歩き出した頃を思い出したようで、話して聞かせてくれました。孫は男ふたりの兄弟で、上の子は立ち上がるのも歩きはじめるのも遅く一歳半とか二歳くらいまでよたよたしていたけれど、下の子は歩き出すのが早くて八か月か九か月頃にはもう立ってどんどん歩いていたそうです。ただ、これにはそれぞれの性格の違いが見てとれて、兄の方はなにごとにもたいへん慎重なたちで、立つときも歩くときも転ばないように支えを確保しながらゆっくり手を離して行うのに対し、弟の方は大胆で、まだろくに立てないのになにもないところで立って歩き出そうとするからすぐに転ぶし、どこかにぶつかったりして、この違いは大きくなってからも継承されていて、兄は事故やけがとは無縁だったけれど、弟の方は自転車で転んだりサッカーで骨を折ったりと年中けがや傷が絶えなかったと。

娘が立ち上がる姿を見ていると、彼女はどちらかというと慎重な方かもしれません。つかまり立ちや伝い歩きをできるようになった頃、どうしたら倒れないかについても研究しているような様子がありました。ケージの格子につかまってひとしきり伝い歩きをしたあと、手を離したいけれども離すとたぶん倒れるのでどうしようかと、困ったようにまわりを見たり、お尻を振ったり、片手だけ離してみたりしているうちに、格子につかまったままうまく腰を落としてお尻を床につけばいい、と気づいたようです。自立できるようになってからも、バランスが崩れそうになったらお尻を落として座るので派手に倒れて泣くようなことはいまのところ少ないように思います。ここ数日はまた体の使い方が変わって、お尻をつけなくても前に倒れて手で体を支えることもできるようになってきました。まだ足を出して歩く様子はほとんどなかったのですが、昨日は保育園で二、三歩歩いたそうで、日々の変化が劇的です。

日々できることが増えることは、そばで娘を見ている者として嬉しいですが、同時に感じるのはその過程そのものや、その過程にあって親しみを覚えはじめていた娘のしぐさや言動を楽しめる時期があっという間に過ぎ去ってしまうことのかなしさです。それもあって先に書いたような立ち上がるときの動作を描写したりしてみたのですが、こうしてある瞬間を書いてみると、つい数日前にはまた少し違う逡巡や不安定さが娘の動作のはしばしにあったような気もしてきて、しかしそれはもううまく思い出せなくなりつつあり、過程はどんどん細分化し、一日として同じ日はないとあらためて思います。

また、何か月で寝返りを打てるようになるとか、何歳で歩きはじめるとか言葉を覚えるとかの成長の指標、標準値みたいなものが子どもの成長には常についてまわり、もちろんそういう目安があることで安心もするのですが、振り回される部分もあるし、なにより指標に気をとられることで自分の子どもの個別性が見えにくくなったり、場合によっては個別性を否定的に捉えてしまうこともあるのかもしれないと気をつけるようにしています。

たとえば立ったり歩いたりといった成長も、一歳くらいでそういうことができるようになる、という目安があるから、ついそれができるようになる過程として子の変化を捉えてしまいがちだけれど、子ども自身はそんな目的や目標に向かって体を動かしているわけではなくて、大人がうまく観察できなかったもっと散漫で複雑な意思や動作が子どものもとにはあったのかもしれなくて、いろんなことを見落としてしまっているのかもしれない。親が余念なしに子どもと向き合う、というのはとても難しいことです。子どもはいくら眺めていても飽きないですが、動き回るようになると危なそうなところで手を出さざるをえなかったり、向こうからかまってくれと寄ってきたりで、寝ていただけの頃のようにただただ眺めるということもなかなかできなくなってきました。

何回か前に一子さんが書いていた、「子どもは男の子の方が体が弱い」みたいな話もそうですが、小さい子どもがいると、むかしからの言い伝え的な言説が本当にいろんな場、いろんな文脈で、いろんなカテゴリーで（民間療法的なこと、外見的なこと、性差のこと……などなど）集まってくるなあということも感じます。子どもに限らず、話は親にも波及して、母親はいろんな母親観、父親はいろんな父親観を投げかけられたり、ときに押しつけられたりもします。実際に役立つ知識もあるのですが、役に立たないこともあって、ただ役に立たないだけなら別にいいけれど、それがたとえば「女の子だから〇〇」とか「〇〇だから将来は美人さんになる」みたいな、属性とか外見と組み合わさった差別や偏見である場合はその都度こちらから批判を加えた方がいいよなと思います。流してしまうことも実際には多いのですが。

年輩のひとと話していると、「私たちの頃の子育ては～」みたいな話がはじまって、けれども最後に「でもいまの若いひとたちは違うんだね」と付言されることも結構多く、頭ごなしに価値観を押しつけられるようなことは案外少ないと感じているのですが、これは男親の僕が子どもを連れているからかもしれず、妻が接する世間はまた少し違うような気もします。

男親が連れているのが娘だと知ると、かわいくて仕方がないでしょう、みたいに言われることが多く、それはその通りではあるのですが、たぶんそのときに思い描かれているのはやっぱりステロタイプな父親像であり父と娘の物語みたいなもので、それを思うと少々うっとうしさも感じます。もし連れているのが息子だったら、かわいいとは違う語、違う物語がそこに生じがちになるんでしょう。

子どもが生まれて間もない頃は、たくさんの書類に子どもの性別を書かなくてはならないのですが、それは思いがけず心理的抵抗を感じる作業でした。生まれた子の性別は身体的には女性ですが、彼女の性自認がどのようなものであるのか、どのようなものになるのかはまだ誰にもわからないし、いくら父親だからといって、本人に確認できないのに勝手に「女」の方にマルをつける権利はないいんじゃないか。もちろん現実的にそれを親が行う必要があることはわかっていて、だからこそいろんな書類の「女」にマルをつけながら、こんなに抵抗を感じるとは……と驚いてもいました。たとえばある年齢になった時点でそれ以降は本人の意志で性別の変更や決定ができるとかであれば、出生時の届け出などは便宜的な代行作業として割り切れるのかもしれないですが、そんな制度はないし、性別変更は不可能ではないものの決して簡単ではありません。

そもそも生まれたばかりの子どもに背負わせるものとして、現行の社会制度における性別の二者択一は重すぎる。それが「女」であれば、つまりこの国で女性として生きていく将来をひとまず決定する、ということであればなおのことそうで、そもそも女性という性別であることによって被る不平等がない社会であれば、あるいはマルをつける性別が「男」であれば、あの頃僕が感じた抵抗もそこまで大きなものではなかったのかもしれません。一子さんが前回のお手紙に書いていた家族や結婚の制度的な不自由さ、不自然さ、なかなか言語化できない違和感や抵抗のようなものを、僕がどこまで想像できているか心許ないですが、子どもの性別に「女」と記すときに生じる抵抗は、同じ問題に触れているものだと思います。

子どもがまだ生まれる前、妊娠六か月頃の健診で性別がわかって、自分の子どもが自分と違う性別であるということを知ったときに覚えた驚きみたいなものが娘に対するときの僕にはいまだに少し残っています。あらかじめその日の健診で性別がわかるかもしれないと聞いていたし、どちらの性別がいいみたいな気持ちももともとなかったから、健診に行った妻から女の子だったと連絡が来たとき、自分のなかに驚きみたいなものが生じたことに自分で驚くという、妙な具合でした。そして、その驚きを受けて、それまで自分がなんとなく妻のお腹のなかの子どもを男の子寄りに想像していたことにも気づきました。だから、子どもが女の子だったことは僕にとって意外なこととして、驚きを伴って受け止められたのだと思います。男の子であってほしかった、みたいな気持ちはなかったはずなのに、自分の無意識のうちに生じていた偏りを、ちょっと怖くも感じました。

そして実は生まれて一年経ったいまも、子どもの性別が自分と違うということについてちょっと掴みきれない感じを持っているのです。それがどういう性質の感覚なのか自分でもよくわからなくて、乳幼児だからそこまで性差がはっきりしていないというだけかもしれないのですが、でもたぶん子どもの性別が男だったら自分はこんなふうに思うことはなかった気がします。端的に、自分と違う、ということではあるのですが、その違いにどう反応しているのかが自分でもうまく説明できないままです。自分の知っているのとは違う種類の人生がこの子の未来にある、ということのわからなさというか抱えられなさ、みたいなことなのか。もしかしたらその時間を想像してはじめて、自分が持っていた「男」の特権性が理解できた、ということなのかもしれない、とも思いますが、そう言い切っていいものか自信がありません。

最近は、子どもの性別を「女」と記すことや、他人に子どものことを話すときや、この手紙のように子どものことを書くときに子どもを「娘」と記すことへの違和感はずいぶん軽減してきました。僕のなかで性別などの社会的な属性や代名詞の拘束に負けないくらい、子どもが個人として確かな存在になってきたからだと思いますが、子どもの自我が強くなったり、子どもと社会との接点が増えてくるとまた状況は変わるんだろうと思います。

手紙とは別に先日メールでお伝えしましたが、ちょっとした治療のために昨日から病院に入院しています。治療じたいは前から決まっていたことなので心配ないのですが、娘と十日ほど会えなくなるのがつまらないのと、しばらく家でひとりで娘の面倒をみることになる妻が心配で、そしたら一子さんが気にかけて妻に連絡をしてくれたそうで、ありがとうございました。

最近は夜娘を寝かしつけるのは僕のターンで（ときどき娘のトレンドが変わって僕だと寝なくなり、そうすると妻のターンになる）、寝かしつけは結構好きなので、留守中それができなくなるのも残念です。

僕が娘をお風呂に入れて、先に娘をあがらせて妻が保湿クリームを塗って着替えをさせて、りんごジュースを飲ませて、寝室に連れて行き明かりを消して授乳をする。僕がお風呂から上がって寝室に行くと娘はお乳を吸いながらうとうとしているので、そこでバトンタッチして、抱っこ紐で抱きながらスマホでYouTubeにあるオルゴール「ゆりかごのうた」一時間連続バージョンを流します。この曲には特別な思い出があり、まだ娘が生後十日くらいの頃、夜中になかなか泣き止まず困ったとき、だめもとで流してみたところ、何時間抱いてあやしてもぐずっていたのが嘘のように一瞬で寝たのでした。なので生後間もない頃は寝かしつけの定番BGMになっていたのですが、しばらくして効果が薄れて違う曲にその座を明け渡したり（妻は「トイ・ストーリー」の主題歌のやはりオルゴールバージョンがよく寝ると言って流してました）、音楽なしで寝る時期があったりしたのち、最近またメインBGMに復活しました。体を揺らして、お尻や背中を軽くとんとん叩きながら、オルゴール演奏なので歌はついてなくて、僕は歌詞を知らないので、適当に歌詞をつけて歌います。娘は魚が好きなので、娘が港にある食堂に行って魚を食べる、というような歌詞です。胸元ですぐ寝ることもあれば、しばらく静かに目を開いていることもあるのですが、目がとろんとしてきてもう眠るかなーという頃合いに、少し体を持ち上げてやると、僕の胸に横顔をぺたんとくっつけて目をつむり、眠る態勢になります。こうなるとだいたいそのまま寝つくことが多く、でもすぐに下ろすとまた目を覚ましてしまうので、しばらくそのまま抱いておき読書灯をつけて僕は立ったまま本を読みます。十分とか十五分くらい、きりのいいところまで読んで寝入ったかなというあたりで抱っこ紐を外すのですが、本に集中していると束の間娘のことを忘れていて、本を閉じ胸元の娘を見ると目を閉じてすうすう寝息をたてていて、そこに娘がいることが一瞬不思議に思えます。おかしいかもしれませんが、いまのこの瞬間は二度とない、というようなことを思う。体を抱っこの位置で支えたまま紐を外し、そのまま肩に娘の頭を乗せるようにしばらく抱いていて、寝息が落ち着いたら首と腰を支えてゆっくりベッドに体を下ろします。最近は横向きかうつぶせで寝るくせがついてしまい、ベッドに置くと反射的にくるんと体を回転させて横向きかうつぶせの体勢になるのですが、鼻づまりがなくよく寝入っているとそのまま仰向けで寝ることもあります。布団をかけて、ベビーベッドの手すりを上げたら、オルゴールの音を消して、しばらく本の続きを読みます。妻は仕事部屋で仕事をしています。

前回の手紙にあった石油の買い方や、O JUNさんのこと（Oさんとは二〇一七年に伊丹市美術館の展示でご一緒する機会があって、以来僕はOさんの絵もさることながらその文章が大好きになったので、一子さんのお手紙にOさんの文章が引かれていて、おおーと思いました）なども書きたかったのですが、長くなるので今度にします。

ちょうど入院した日にロシア軍によるウクライナへの侵攻がはじまりました。入院に伴うPCR検査の結果が出るまで個室から出られず、暖かく安全に隔てられた部屋でニュースを見ています。

二〇一八年にアイオワのレジデンスに参加したときにウクライナから参加したライターは首都のキーウに住んでいます。Kateryna Babkinaというだいたい同年代の女性の書き手です。僕はアイオワでそこまで彼女と親しくなったわけではなく、その後も特にやりとりはしていないのですがフェイスブックやインスタグラムのページを見ることができて（レジデンスのときにつくったアカウントはふだんほったらかしで、こうして紛争や災害があるとあの国のあのひとは無事だろうかとのぞきにいきます）、侵攻があった翌朝に彼女がこんな文章をポストしていました。ふだんはウクライナ語ですが、このポストは英語で書かれていました。拙いですが一部を訳してみます。

今朝、一歳になる私の娘は、とても穏やかに眠っていた。こんなにゆっくり眠っているのは久しぶりのことだった。ふだんなら元気な子どもがそうであるように七時には目覚めているのに、今日は眠って、眠って、眠って、軽い寝息をたて、頬は美しい磁器人形のようにピンク色だった。

朝六時に最初の爆発音が聞こえたとき、私はただ彼女のそばにいた。そしてハグを待つように両手を広げて眠っている彼女を観察していた。私は彼女を起こさなかった。彼女がこんなに安らいで眠ることは、もうしばらくできなくなるとわかっていたから。（……）

It's been a long time my 1 year old daughter slept so calm as she did this morning. Normally she's up by 7, as every active toddler, but today she slept and slept and slept, breathing lightly, her cheeks pink as if she's a precious porcelain doll.

At 6 a.m. as we heard first explosions I was just staying by her and observing her sleeping, her arms opened as if she was ready for a hug. And I did not wake her up, knowing she's not having a chance to sleep peacefully again any time soon. [...]

https://www.instagram.com/p/CaYA5LQNeiH/

彼女と彼女の娘の無事を願っています。

２０２２年2月25日

滝口さんへ
最後に会ったのはいつですか

土日はパートナーがうちに泊まることが多いのですが、生活リズムが違うため、寝る時間もバラバラで、その日は○時前に寝付いた私が、夜中の三時過ぎに寝室に入ってきたパートナーの立てた物音で目が覚めてしまいました。そのまま再び寝られることが多いものの、なぜかその日は目が覚めてしまい、しばらくして隣からいびきが聞こえてきたら、入れ違いに起き出すことにしました。日中に原稿書きをしていたので、頭がまだ回っているような感じがします。

余談ですが、こうして滝口さんと手紙のやりとりをするようになって、長い原稿もだんだんと書けるようになってきました。長いといっても、三〇〇〇字とか四〇〇〇字とか。わたしが依頼されるエッセイは、だいたい一〇〇〇字前後なので、それ以上のものを頼まれると、うっ！となるのです。滝口さんの小説を読んでいると、一つの事柄をミクロにもマクロにも捉えて書き出されている感じがして、自分でもそんな視点をちょっと意識するだけで、文字数がすんなりと伸びていく。影響を受けている人と、こうしてやり取りができることが改めて嬉しいです。

話を戻しますが、まだ外も暗い明け方に起き出して、リビングに電気をつけて座り、この手紙に書こうと考えていたものをメモに書き出したり、滝口さんからの手紙を読み返したりしていました。性別の話で思い出したのが『かなわない』にも書いた亡くなった友人のことです。そういえばそんなやつもいたな、と、ついこの前まで生きてたみたいに、というか今でも一緒にいるみたいに思い出せるのですが、果たして私はなんて書いたんだっけ、と久しぶりに『かなわない』の最初に載っている「遺影」というエッセイを読んでみました。

この本は私の本の中で一番売れたものなのですが、私自身は結構思い出すのもしんどい出来事が多かった時期のもので、封印したいとまでは言わないのですが、読まない、というより読めない。でも、こうして静かな一人の時間の今、読んでみよう、と本棚から引っ張り出して、久々に文字を追いました。一読した感想は、あー、この人、必要に迫られて一生懸命書いたんだなあ、というものでした。だいぶ拙い、なんだか硬い文体をしているのですが、そんなことより、とにかく書かないと、という焦燥感を感じたのと同時に、その頃の記憶が色をつけて蘇ったような気がしました。久々に立体的に友人のことや当時のことを思い出したけれど、その姿や思い出がこの先更新されることはない。私の周りで亡くなった近しい人間は友人が三人、あと夫と祖父母。彼らが過去の風景の中に、そのときの姿でずっと留まり続ける、ということが時々不思議になります。本当に、当たり前のことなのですが。

頭が回り続けていることや、どこかしら憂鬱な気配にまとわりつかれているのも、ウクライナとロシアのことが気になって情報を目にし続けてしまっているからだと思います。

戦争が始まったとニュースが流れ、真っ先に思い出したのは東日本大震災のときのことです。これまでに感じたことのないレベルの地震のショックも大きかったですが、福島第一原子力発電所が爆発して――。私はあの爆発の映像を、広島の実家でぼんやりと眺めていました。ここは危ないから子どもたちを連れて実家に帰ってほしい、と震災直後に夫から提案され、実家も嫌だったし、夫と離れることも不安だった私は抵抗したのですが、珍しく夫は折れませんでした。私一人で小さい子を連れての移動が不安で、広島の実家まで夫についてきてもらい、夫は翌日の仕事のために東京へとんぼ帰り。「疎開」という言葉も戦時中を彷彿とさせますが、まさに疎開で、広島に着いて新幹線から降りた時の、東京との空気感の違いへの驚きと、そこに日常があることにホッとしたのを今でもはっきりと思い出せます。決して明るいというわけではなかったと思いますが、東京に比べると、その通常運転ぶりが、陽が差すみたいに明るく感じられて。

あのときに感じた行き場のないザワザワとした不安を、今回のことで強烈に思い出しました。自分の生きている場所の安全が揺るがされること、果たしてこのまま東京で、子どもたちを生き延びさせられるのかと、判断を迫られている感じ。あのときは、夫の存在が心強く、この人にならば人生をゆだねられると考えている面もありました。

誰かに人生の手綱を取られるのは嫌ですが、常に自分一人で判断しつづけなければいけないプレッシャーも相当なものです。誰かと生きるということは、ゆだねることも、一緒に考えることもできるということ。結婚という制度に「はまれない」と思う反面、誰かと一対一で信頼関係を作っている人たちを見ると（たとえそれが一筋縄ではいかないとわかっていても）なんだかとても羨ましくなります。

そうそう、久々に会ったTちゃんとAさん。よく晴れた、風の強い休日だったのですが、私も二人と楽しい時間を過ごせました。Aさんから、うちの娘が一歳の頃はどうやって一緒に過ごしていたか質問をされたのですが、本当に思い出せないのが申し訳なくて。うすぼんやりと、ずっと家にいた記憶はあって、今日みたいな春の日差しが窓の外から差している部屋にいて。外に遊びに連れていくこともあったと思いますが、とにかくその頃は常に疲れていました。冬ごもりのようにじっとしていて、代わり映えのしない毎日と、それでも日々成長していく娘に挟まれて、罪悪感と後ろめたさと。思い出そうとすると明るくもあり暗くもある日々で、でもきっと『かなわない』には書き残されているのだろうなと思います。

Aさんも本を読んで「一子さんのお子さんたちは、あの頃こうだったんだねーって滝口と話すんですよ」と教えてくれて、それだけで書いた甲斐があった、と思うんです。まだ自分で読み返すことは難しいけれど、ずっと先の未来には、まるで他人事みたいに読める日が来るんだろうなあと思います。その頃にはあの明るくも暗い日々が、宝物のようになっているのでしょう。

Aさんと二人（一歳のTちゃんもそばにいますが）になったのはおそらく初めてで、少しの時間でしたが、いろんな話ができたのもすごく嬉しかった。そういえば滝口さんが自分のことを「主夫」だと本に書かれていたのを読んだ記憶があります。Aさんに聞いたところ、付き合った頃から主夫志望だったと。Aさん自身は家事も苦手だし、仕事を続けたかったから、見つけた〜！と思った、と言って笑っていました。

どうして昔から主夫志望だったのか、とても興味があります。今の時代でさえやっぱりめちゃくちゃ珍しい。そんな人は私の周りにいなくて、どんな生活なのか想像もつかないんです。おそらく男女逆転しただけ、では終わらない、男性が家事育児を主に担うことで見えてくることってたくさんありますよね。よかったら詳しく教えてください。

昨日は青色申告会と区役所と、申請系の作業があったのでバタバタと動いていたのですが、無事に終わり、還付金も戻りそうで一安心しました。確定申告が終わると、毎年その帰り道はとても晴れやかな気分になるのですが、天気も良く、風もすでに春色に暖かく、すべてがベストなのに、なんだか気持ちがスッキリしないのは、ロシアとウクライナのことが頭から離れないからか、季節の変わり目の気鬱みたいなものなのかなと考えながら、自転車をこいでいました。

半年に一度くらい、どうしても悪い考えから逃げられなくなるタイミングがあって、つい先週がそれでした。心配した友人が食事に誘ってくれて、家にいてもいい方向にはいかないからと、夕方に家を出たのですが、あー、このままどうにかして消えることはできないだろうか、と考え始めてしまいました。電車の中で涙をこらえるのはなかなか大変で、そういうときは目を大きく見開いて少し上を向き、電光掲示板の案内に集中することで気を散らします。こういうときにマスクは便利です。誰も自分のことなんか気にしてないと思いつつ、やっぱり目がうるうるしている人間がいると、気づく人もいるようで、この前は東京駅から中央線に乗っているとき、目の前に座った人からぎょっとしたようにじろじろと見られました。

電車を降り、スーパーでお惣菜を選んでいるときに、背中についていた黒いものがスッと離れた感じがして、友人の家に着く頃にはだいぶ軽くなったのですが、どうにも気持ちの切り替えが苦手で。まあ季節性のものなのかもしれません。

私はどうやら言葉を言葉通りに受け取りすぎるところがあるようで、いつもそこでつまずいています。相手が言ったあれこれを、自分の中の貧相な辞書に当てはめるのです。そこには自分が知る・思う意味しか書かれていないので、相手の真意というのはわかりません。でも、言葉という「確か」だと思っているものに頼ろうとして、それ以外を見ていない。人が態度で語っていることは案外多いよ、と友人が教えてくれたのですが、コロナ禍で人と対面で向き合うことも難しくなり、より言葉に頼る傾向が自分の中で強くなっているのかもしれません。かといって、面と向かってマスクさえ外せる相手との関係がスムーズかといえば、そっちの方が難しかったりします。

前回、雪の日に外にいたと書いたのですが、あのとき歩きながら行き場がなくて、このまま滝口さんとAさんの家に行こうかなとも頭をよぎりました。二人は驚くでしょうが、きっと暖かい家に招き入れてくれて、私の話を聞いてくれたと思います。おそらくそうなったであろう、という想像だけで私は十分癒されるような思いがして、そのまま近所を歩き回っていたのですが、そんな話をAさんにすると、来てくだされぱよかったのに、と言ってくれました。「いつでもですよ」というAさんの言葉が嬉しくて。滝口さんもきっと同じように言ってくれると思いますが、まあ常識的に一歳のお子さんのいるお家に、二十二時とかに突然行くわけにはいかず。でも、嬉しかったのです。

つい一週間ほど前、夕飯の準備をしていると、チャイムが鳴りました。インターホンに出ると、区役所の者です、隣の方についてお聞きしたくて、と聞こえたので、とうとうこのときが来た、と思いました。うちの隣には八十歳前のおばあちゃんが一人で住んでいるのですが、最近全然見かけなくなっていました。最後に会ったのは二か月くらい前で、下の集合ポストで出くわしたので、声をかけて少し話したのですが、お金がきびしくて、と言っていました。

外で見かけることもたまにあって、マンションまで本当にゆっくり歩いていたので、家へ送ろうとしたのですが丁重に断られたり、近所のスーパーの前で片方しかレンズの入っていないメガネをかけて仁王立ちしているのを見かけたりしたことがありました。そのときはものすごい剣幕で道のど真ん中に立っていて、なんだか怖くて声もかけられなかったのですが、とにかく調子が悪そうなことだけは伝わってきます。去年の秋にあった大きめの地震のときに、安全装置が働いてガスが止まってしまい、その復旧方法がわからないとうちに聞きに来て、そのタイミングで家の中がチラッと見えたのですが、部屋一面にゴミがうっすら積もっている感じで。

会うたびに、お隣なんですから、何かあったら声かけてくださいね、とは言ったものの、ずっと頭の片隅におばあちゃんの存在がありつつ、こちらから具体的なアクションをとることはありませんでした。夜に帰ってきた時に、電気がついてるかなあと外から眺めてみることくらいしか。

区役所の人から、連絡が取れないから様子を見にきた、最後に会ったのはいつですか、物音はしますか、と聞かれ、最後に会ったのは集合ポストのところで、年齢を聞いたら思ったよりも若くて驚いたことや、私がそのとき着ていたフィッシャーマンズセーターを見て、あら、いいの着てるわねえ、私も若い頃はこんなのを着て、外国までスキーをしに行ったのよ、という話をしてくれたことを思い出しました。今のおばあちゃんの姿からはスキーなんて想像もできなくて。

区役所の人がずっとドアをノックしていたのですが、もちろん応答はなく、その後、警察が来て、鍵屋さんが来て、消防隊が来て、救急隊が来て、というのを、私は自分の家のトイレの小窓からずっと窺っていました。もうだめなのかな、とかなり緊張していたのですが、どうやら大丈夫だったようで、最後に救急隊の人が来たタイミングで区役所の人に声をかけると、個人情報なので言えないけれど、これから搬送します、と言われたので、おそらく大丈夫、だと思います。救急隊の人が、○○病院へ向かいます、と言うのも聞こえたし、そこまで緊迫した印象はなかったので。

果たして隣に住んでいる私に、何ができたのだろう、と今でも思います。わかったことは、やはり区役所は高齢者の住人を把握していて、生存確認をしているだろうこと。数日連絡がとれないので来てみたと言われて、ほっとしたのと同時に、隣の人が心配だと私も区役所へ連絡すればよかったのか、と初めて気づきました。おそらくおばあちゃんは生きていたけれど、自分でドアも開けられないくらいに弱っていたはずで。こんなことが隣で起きていながら、私は、気にしてるとはいえ、普通に生活をしていました。今、病院で適切な治療を受けて、元気になって帰ってきてくれたらいいなと思いますが、そのときおばあちゃんは私に声をかけてくれるでしょうか。私から声をかけられるでしょうか。

昨日今日と、朝からヘリコプターの飛ぶ音がしています。気温は昨日より二度ほど高くなるそうです。滝口さんは術後のはずですね。体調はいかがでしょうか。

2022年3月1日

一子さんへ
家事について

少しお返事に間があいてしまいました。そのあいだにあたたかい日が多くなり、梅が咲き桃が咲き、うちの隣の小学校の桜のつぼみもぷっくり膨れて昨日今日でちらほら開きはじめています。今日は卒業式をやっていました。春ですね。

僕はおかげさまで予定通り退院し、その後も問題なくほぼ元通りの生活を送っています。娘も日に日に成長していて、これまでは三、四歩歩いて最後はよろよろっと座り込んだり大人の懐に倒れ込んだりといった感じだったのですが、ここ数日で足取りが少ししっかりしてきて、今日ははじめてかなり長い距離（十歩くらい）をひとりで歩きました。これがいい、とか、やりたくない、などの意思表示もはっきりしてきました。保育園はもうすぐ○歳組から一歳組に進級で、○歳組は娘を入れて四人だけだったのですが、来月からは毎日一緒に過ごす同い年の子が十人くらい増え、これまで園内最年少だった娘にとってははじめての年下の子たちも入園してきて、大きな環境の変化にどう反応するのか楽しみです。なにはともあれ気温が高くなってくるのは花も緑もきれいだし、外に出やすくもなっていいですね。

ストーブの灯油が残り少なくて、朝晩はまだ冷える時間もあるけど日中は暖かいから、もう一度灯油を買おうかどうしようかと考えています。僕も子どもの頃はずっと石油ストーブが実家にあって、灯油が切れるとタンクを玄関に置いてあるポリタンクのところに持っていって給油していました。十年以上ぶりにストーブがある生活を送ってみると、灯油の補給や、点火、消火などどれもアナログな作業で、日頃ずいぶんと電化製品やデジタル製品に囲まれてスイッチひとつで点けたり切ったりしていることにあらためて気づきました。

前回書き忘れたのですが灯油は宅配サービスを利用して買っています。ガソリンスタンドとかで買うイメージだったのですが、ストーブを買うときに調べたら移動販売を行っている営業所がありました。あの、冬に音楽を流しながら走っている移動販売車です。営業所に電話をして訊ねると、家が移動販売車のルート内ならば、道沿いにポリタンクを出しておけばいいそうなのですが、うちは販売車のルートから外れていて、でも電話で頼むと翌日個別に配達してくれる（移動販売より少しだけ割高になる）とのことで、前日に電話で注文↓次の日ポリタンクを玄関先に出しておき、販売車が家までやってきて給油してくれる、という方法で買っています。在宅ならその場で現金払い、不在だと払込票を入れておいてくれるので、なかなかの利用しやすさだと思っています。書いてて気づきましたがこの注文方法もいまどき珍しいくらいアナログですね。日曜日だけは配達がお休みなので、週末にかけて残りが少ない場合は注意が必要で、土曜日にもう残りがない、と電話で注文をしても配達は月曜日になってしまうので日曜日をストーブなしで過ごさなくてはならず、木曜金曜あたりに週末の分が足りるか計算します。

灯油に限らず、日用品の在庫管理的なことは、家事のなかでも結構重要な仕事だと思います。うちの場合は家にいる時間も買い物に出る機会も多い僕が自然とそういう生活用品の補充をしているのですが、灯油がない、ティッシュがない、洗剤がない、米がない、とかは実際に困るし、あるはずのものがないと急いで買いに行くとか、なにか代用するとかしなくてはならず、家事労働における流れみたいなのが崩れて、なんかダメージが大きいんですよね。がっくりきてしまうというか。娘が生まれてからは、ミルクとかおむつとかおしりふきとか、なくなる前に買っておかないと、というものが増えて、たまに忘れてあちゃーとなります。

僕は家事労働をしているといってもかなり適当だし偉そうなことはなにも言えませんが、妻と一緒に住みはじめてからだからもう十年以上、それなりに長いことやっていると、家事のなかで肝心なのは、料理とか洗濯とか掃除といった作業よりも、それらがスムーズに運ぶための準備とか段取りとか、そういう表に見えない作業だなと感じます。炊事だったら米とか味噌を切らさないようにするというのもそうだし、洗濯だったら明日の天気悪そうだから今日二回まわしちゃおうとか、干すにしても取り込んでたたむときに楽なように干すとか、そういう下準備のようなことの積み重ねが実際に毎日の円滑な衣食住を支えているなあという実感があります。でもこれって、そのお家ごとの個別性が強く、かつ多分に感覚的な判断だったりするので、なかなか他人に説明するのが難しい。というか妻にも説明が難しい。

娘が生まれてから、家のなかに家事に加えて育児というタスクが増えたことで、家庭における夫婦の役割分担もずいぶんと変わりました。妻が家にいる時間が前よりも増えたので、僕が育児にかかわる時間に妻が家事をしてくれたりもするようになりました。ですがこれまで自分が担っていた家事を妻にやってもらうと、なんだかどうにも細かいやり方の違いが気になって、小言を言ったりもしてしまい、妻としては産後の不安定ななかそれまでしなかった家事をしているのに文句を言われて、しばらくお互いにストレスを溜め込むみたいなクライシスがありました。

家事のやり方なんかどうでもよくて、問題なく家のなかのことが回ればそれでいいじゃないか、と言われれば、まったくその通りだと思うのですが、毎日家事をする者の目や手には、細かな下ごしらえや段取りこそが円滑に家をまわすという信念が宿っており、日々の積み重ねによって構築され磨き上げられた私の方法こそ最良の機構である、みたいな自負もあるので、これまで自分が担っていた家事を自分以外のひとがしたときに、違和感や抵抗を覚えるのではないでしょうか。いわゆる嫁姑問題も結構これが大きいように思うのですが、家族がいれば家事の大半は家族のために行う仕事でもあり、なのに家事に努めれば努めるほど家族に不寛容になってしまう、というのは皮肉なものです。

最近は、妻がしてくれたことに文句は言わず、まずは感謝の気持ちを持つように気をつけています。僕はこまめな掃除が苦手で妻はきれい好きなので、こまめな掃除は妻に主導してもらうようにしたり、妻の方でもここは夫が自分でやりたいところらしいと思うと（たとえば台所まわりのあれこれ）そこはあまり手を出さず僕に任せてくれたりと、少しずつ新しい家事分担のあり方を定着させていっているところです。きっと娘が大きくなるとまた分担の有り様も変わっていくのだと思います。

……ちょっと愚痴みたいになってしまいましたが、とはいえ家事は好きだし楽しいです。

得意というわけではないので、炊事も掃除も自信はありませんが、やるのは好きです。主夫だと自分でどこかに書いたことがあったか覚えていないのですが、妻の言うように積極的に主夫を志していたというわけではなく、ともかく就職せずに生きていく、働かないで生きていくにはどうすればよいかを考えた結果そのような志向を持っていたのだと思います。子どもの頃から「男はつらいよ」に人生観を学んだので、普通に働くということが自分の生き方のオプションに含まれていなかったのです。

僕の場合は家事を妻より多くやっているだけで、家事専従の主夫／主婦のひととは厳密には違うのかもしれませんが、まあでも小説家として家でなにをしているかと言ったら、家事をしたり、買い物に行ったり、家事の合間に休憩したりしている時間がほとんどで、その合間にほんの少し原稿を書いたり、書きあぐねたりする時間があるだけなので、実質主夫と言っていいのではという気もします。夫婦関係において男性が主に家事をする主夫になるのはやはりまだまだレアケースですよね。うちの場合は利害が一致したような具合だったので、無理なく自然にそうなって、もう少し時代が前ならどうだったかわかりませんが、そのことをまわりにどうこう言われるようなこともあまりなかったと思います。

ただ、僕と妻のパターンはひとむかし前の男女の役割分担が単純に入れ替わっただけみたいなケースで、それだと実はむかしから続く問題はそのまま据え置きになっていると思います。どういうことかというと、外で働く妻はやっぱり私生活と仕事、ライフプランとキャリアを秤にかけなくてはならない局面が多かったはずです。そこには、外で働く以上家庭のことはないがしろにしてもやむなし、みたいな古くからの役割分担（外で働くのが男で家庭にいるのが女、という）に基づく自他からの圧があったのだろうと思います。一方、主に家事をしている僕もときにはさっき書いたような家事労働における日のあたらない仕事の理解のされなさ、みたいなことにくっとなったりすることもあり、しかし相手は仕事で疲れているのに家事の細かい話を聞かせるのも悪いよな、と遠慮をするこれもまた、家にいる者（女）は外で働く者（男）を陰で支えるべし、みたいな因習の型をなぞっていたように思います。この根にあるのは、結局家庭か仕事かどっちか、みたいな働き方、分業の仕方を前提にした仕組みであって、男女の役割をひっくり返しただけではそこから抜け出たことにはならない。男女の役割分担を偏らせないことも必要だと思いますが、同時に、労働観とか家族観（特にこっちですよね、多分）を解放しないといけないように思います。仕組み的には働き方の方が制度的に手を入れやすいから、もう世の中週休四日が基本くらいになればいいのに、とか思っています。

とはいえ、休むのも覚悟や準備が必要で、なかなか難しいですよね。僕も去年、子どもが生まれるので一年休もうとか思っていたのですが、保育園に入れたこともあり結局結構忙しく働いてしまいました。

家事に限らず、毎日は少なからず似たことの繰り返しという側面もあって、そのなかでよくも悪くも凝り固まり、強ばっていく部分もある。思いがけない出来事に想像力が向かなくなるような。生活というのはそういうものでもあると思うけれど、思いがけない出来事こそが人生を、生活を繋いでいくのではないかとも思います。

なので一子さん、なんか困ったりしんどいときに、あそこに行けばいいのではないかと思った行き先がうちだったときは、夜でも大丈夫なので来てみてください。娘は寝ているかもしれないし、僕も妻もしっかり歓待する余裕があるかわからないけど、心細いひとがやって来たら迎えられる家でありたいと思っているし、そんな思いがけない出来事を迎え入れられる人生でありたいと、僕も、たぶん妻も、思っています。

2022年3月26日

滝口さんへ
母の言葉

　無事退院されたようで何よりです。前回のお手紙から約一か月ほど間が空きましたが、このことを書こうかな、これは書けるかもしれない、と考えるタイミングが多く、いろいろとメモをとっていました。私にとってはここが書く練習の場になっていて嬉しいです。なかなか自発的に書こうという気分にはならないので、滝口さんに宛てて、話を聞いてもらうように書くのがちょうどいいのかもしれません。

　中学生と小学生のいる我が家は先週から絶賛春休みに突入で、それぞれが好き勝手に過ごしている感じです。生活リズムを崩さないように、と学校からは指導があるはずですが、そんなことはお構いなしで、朝は九時過ぎまで起きないし、夜は二十三時になっても寝ません。私は朝から撮影があることが多いので、お昼ご飯は自分たちで作って食べるように言っています。材料だけは切らさないように買っておくのが私の役目です。そんな感じで、日中は子どもたちが家に居て、自分の書く仕事のペースが作れないな、というのはあるのですが、そんなにいつもと変わるわけではないです。

これが、保育園が休園になった、とかだと本当に大変だろうと想像します。うちは保育園に通っていたので、春休みや夏休みといった長期の休みはなくて（親のお盆休みに合わせて子どもにも夏休みをとってくださいとは言われましたが）、なので年中同じ生活リズムということにとても助けられていました。日中子どもたちと離れられてやっと自分のバランスがとれるというか。この往復書簡で何度も、一人になりたくない、と書いている気がして、矛盾するようですが、あの頃の私にはどうしても一人になる時間が必要でした。もちろん今でもそうなのですが。今、コロナで休園になる保育園も多いようで、元気いっぱいの子どもを家でケアし続けている親御さんたちの悲鳴が聞こえてくるような気がします。

いつになったら育児は楽になるの？と現役で小さい子を育てている人からはよく聞かれるのですが、二人とも小学校に入ったら格段に変わった、と私は感じました。送り迎えにとられる時間もなく、日中は不在、そして勝手に帰ってくる。革命が起きたと思いました。細々としたケアはいつまでも必要だし、大人になるまで目と手をかけてあげたいと思いますが、子どもの自立の一歩目は小学校への入学でした。親である私が、あれもやってあげて、これもやってあげて、という時代は終わったと。そこから自分が「私」を取り戻す時間に入った気がします。

小五の娘は四月から六年生です。そんな娘が昨日夕飯に、ヤンニョムチキンを一人で作ってくれました。一日の大半はYouTubeを見ていて、ボカロだの、生配信だの、ゲーム実況だの、好きなユーチューバーもいるようですが、自分が食べたいもの、作りたいものもYouTubeで検索してきて、iPadを見ながら上手に完成させました。前からお昼ご飯は自分たちで作ってもらっていたので、焼きそばだったり、味噌汁だったり、炊き込みご飯といった、家庭科で習ったり私が教えたことのあるものには慣れていたのですが、ヤンニョムチキンが食べたいと思い立ったようで、自分で検索し、足りない材料をスーパーへ買いに行き、鶏肉を揚げて、タレを絡めて、と本当に一人でやりきったので、さすがに驚いたのと、感動とで、ちょっと胸がいっぱいになりました（ちなみにレシピは『リュウジのバズレシピ』という、ジョッキで酒を飲みつつ酔っ払いながら作る料理ユーチューバーのものでした）。あらかじめ用意してあったサラダと、味噌汁を作って夕飯の完成です。おいしいおいしいと言い合いながら、三人で楽しく食べました。私に似て、作って食べるのが好きなのだと思います。食べたいというエネルギーをちゃんと形にしているたくましさに希望を感じます。

中学二年生になる娘は春休みの宿題で、野菜の皮を包丁で剝く、というのが出ているらしいのですが、彼女はめんどうくさがってなかなか実行に移さない感じです。三学期の成績が、一学期から順調に下がり、別に怒るわけでもないのですが、どう思う？と聞くと「評価ってものが自分にとって大事じゃないってことがわかったからよかった」と言っていました。こうして成績が形になって評価されても、別に嬉しくも悲しくもなかったそうです。実際、勉強もそんなにしなかったし、まあそうだよねって感じ、とのこと。言うことが面白いですよね。

そんな中二になる娘は、三学期の最後に創作ダンスの授業があり、夜な夜な韓国アイドルの踊りを練習していました。創作ダンスって、私が中学の時は自分たちで振り付けを一から作らなければいけなかったのですが、今は踊りならなんでもいいようです。YouTubeに練習用のダンス動画があるので、それを何度も繰り返しなぞって練習するのはいいのですが、夜中の一時とか二時までやられると、広くもない家なので、襖を隔てたすぐ横でガタガタされるとこちらもなかなか寝つけず、翌日朝から仕事があったときに、イライラして怒ってしまいました。子どもが小さい頃に比べれば、自分の感情がコントロールできずに子どもに対して当たることも滅多になくなったのですが、久々にやってしまって。こんなとき「家がもっと広かったら娘ものびのびできるのに」と不甲斐なく思いますし、同時に、こんな夜中でも一人で自由に外を歩ける性別だったら、と考えたりもします。

昔、気持ちが暗い方にしかいかず、苦しくてしょうがない、とパートナーに相談したら、自分ならそんなときは散歩をするよ、と教えてくれました。確かに、体を動かすことで気持ちが変わることは多い。でも、夜中の散歩ってできないんだよ、と苦々しく思ったのを、こうして一人になりたいときによく思い出します。こんなに街灯の多い東京の街でも、夜中の女性の一人歩きは怖い。それが、なかなか想像できない人は多いと思います。

桜も満開な今、ふらっと夜中に歩けたらいいのに。そんなことを考えていたら、ちょうどこんなツイートが流れてきました。漫画家の森泉岳土《もりいずみたけひと》さんのものです。

去年くらいかな、やっぱり「夜中にひとりで散歩するのが趣味なんだけど女性だったらできなかった。これも男性の特権なんだよね」ということをつぶやいたらすごい量の醜い「反論」が男性からやってきたんだよね。

https://twitter.com/morizumii/status/1508455188721729536

昔は、自分が女だから、というあれこれに無頓着というか、あまり気にかけないようにしていました。それが、子どもが生まれ、それこそ最初は子どもの性別もそんなに気になることではなかったのが、成長するにつれて、女の子であることがどういうことか、ということを否が応でも突きつけられるというか、とても大きなこととして自分にのしかかっているような気がして。子どもというのは守らなければならない存在ではあるのですが、性別で気にしなければならない点がそれぞれにあり、同じ性別である娘がいることで、翻って自分の女性としての在り方も見直しているような、そんな感じです。

そう考えると、自分があまり女性的な恰好をしないことも、自分の個性であり好みだと思っていたのですが、その中の何パーセントかには、女性らしい恰好をして傷つく可能性があるのなら、それを避けたいとどこかで考えている自分がいるのではないか、とも思うようになりました。自然とバイアスがかかってしまう、そういう世の中であることが本当に心底嫌で、何も思い煩うことなく生きてほしいと娘に対して思えば思うほど、その裏側にある黒いものがどんどん見えてきます。

話は少し変わりますが、ひなまつりがありましたね。うちには卓上サイズの雛人形があり、初めて娘を産んだ際に実家に頼んで買ってもらった小さな可愛い木製のものなのですが、それを今年はとうとう出しそびれました。私の写真展の準備と完全に時期がかぶってしまい、バタバタしているうちに当日に。

さすがに夕飯くらいは、と駅前のスーパーに寄り、刺身の切り落としパックと絹さやを買ってきて、混ぜるだけのちらし寿司の素で簡単にちらし寿司を作り、茹でた絹さやと焼いて作った錦糸卵で飾り、最後に切り落としのお刺身を上にちらしました。うちではあまり魚を買わないので、お刺身が出るとそれだけで大喜びします。あとは豆腐と麩のすまし汁。私が貝を食べられないので、はまぐりもスルーしました。スーパーの鮮魚コーナーは、刺身の盛り合わせがいつもより種類もたくさん出ていて、そのぶんお得な切り落としパックも難なくゲットすることができたのですが、こんなのでごめん……と内心思いながら、二人が食べている様子をみていると、ふいに娘から「お母さんも、お母さんからこんなふうにやってもらってたの？」と聞かれたのです。一瞬意味がわからず、えっ！と思ったのですが、そう言われれば、母がきっちりやってくれていたな、と実家のひなまつりを一瞬で思い出しました。

何段もある、おそらく私が生まれたときに買ったであろう立派な雛人形に、当日には必ずちらし寿司やら何やら用意されていて。ちゃんとお祝いをしてくれていたし、大きな雛人形を出したり仕舞ったりは大変だったと思いますが、ひなまつりの日を過ぎても飾っておくと、お嫁に行くのが遅れる、という謎の迷信を口にしながら、きっちり翌日には収められていました。母が専業主婦で忙しくなかったからそんなことができた、というわけでは決してなく、母が毎日やらなければならないことに追われていたのを私は見ていました。そのうえで、そういったイベントが、母にとってどこか楽しそうでもあった気がして、ちゃんと私のことを考えてくれていたのだろうな、と今になって思います。

あと、箸を上の方で持ってご飯を食べると、遠くにお嫁に行くことになる、という言い伝えもあって、注意されるたびに箸を持つ場所を直しましたが、その甲斐もなくずいぶん遠くへきたものです。しつけの一つだとは思いますが、そんなことを口うるさく言っていた母は、私にずっと側にいて欲しかったのだろうか、どうして結婚が遅くなったらいけないと思っていたのだろう、なんてことを考えたりもします。

それで、ふと思いました。母の言葉はどこへ行ってしまったのだろう、と。私はこうして文章を書くことで、自分の気持ちを整理したり、考えたり、残したりすることができます。でも、母が何を考えていたのか、考えているのか、私は何も手がかりを持っていないことに気づきました。

母は書いたりする人ではなかったし、あ、でも今も手書きの手紙を荷物と一緒に入れてくれますね。そこには、自分の内面はもちろん書かれていないし、元気ですか？とか、近況報告とか、当たり障りのないもので。母だって、私と、九つ歳の離れた兄を育てたときに、家族にも、社会にも、子どもに対しても思ったことはいろいろあるはずで、そういう言葉はどこへ行ってしまったのだろう、と思ったのです。できることならそれを知りたい。知りたいけれど、行動に移すかどうかはまだわかりません。そう思えただけでも万々歳というか。離れていた時間が、やっとそういう場所まで連れて行ってくれたのだと。

母にも、娘がヤンニョムチキンを作ってくれたことを報告しようと思います。

今日はこれから浜田山のサンブックスさんへ、取り寄せた本を買いに行ってきます。気になる本をネットで見つけると、電話して店頭にあるかどうか確認するのですが、今回はものすごいタイトルです。『母親になって後悔してる』（新潮社）。すぐに欲しかったので、何も考えずに電話し、娘たちが隣にいる中でタイトルを読み上げるはめになり、ヒヤヒヤしました。すぐに説明しましたが。今調べたら翻訳書みたい、読むのが楽しみ。

まだまだ書きたいことはあったのですが、それは次回にしますね。

２０２２年３月30日

一子さんへ
誰かに思い出される

なくなってしまったひとのことは生前の姿でしか思い出すことができなくて、それは当たり前だけど不思議なことだとも思います。そのぐらい、まだ生きているひとは死というものがわからない。

死後の世界とか、そういうものを教示する宗教観を持っているひとは、死者の姿をちゃんと思い描くことができるのかもしれません（僕はそれは結局生前の姿のひとつなんじゃないかと思うんですが）。だとすればそういうひとにとって死者の姿は思い出す対象ではなく、いま現在どこかに在る存在として思い浮かべる対象なのでしょうか。そこでは「死」のわからなさもずいぶんとクリアになっているのでしょうか。

という話は、前々回の一子さんのお手紙にあった、なくなった友達について書いたエッセイのこととかを受けてのものなのですが、なんかこの往復書簡ではこんなふうに一回飛ばしに返信しがちで、なんでだろう。


前回のお手紙にあった「母の言葉はどこへ行ってしまったのだろう」という考えには不意をつかれました。過ぎた時間にあった誰かの胸のうちのことを知りたい、と思うこと。それを「言葉」と呼び表すこと。どちらも、自分にとってははっとするようなことでした。

なんでそんなにはっとしたんだろうか。自分を育てていた頃に母親がなにを考えていたか知りたい、という気持ちはそんなに特異なことではないと思うのに。

何度目かの手紙に僕は、父親がなくなって、生きてるうちにもう少しいろんな話ができたらよかったと思うみたいなことを書きましたが、でもまあしょうがないというか、もういないからそう思うんであって、ないものねだりみたいなものかも、とかそんなことも一緒に書いたと思います。たとえばどこかから父親の若い頃の日記とかが見つかったとして、そこに書かれている父親がむかし考えていたことを自分は知りたいだろうか。そう考えてみると、そんなに知りたいとは思わない気がします。もしそういう日記みたいなものが出てきたとして、それを読むか読まないかはまたちょっと別の話で、読まないという選択はないと思うけれど、そこには読みたくない、知らずにおけるなら知らずにおきたかった、という気持ちがかなり強く働くのではないか、と想像します。それは興味がないというのとも違って、そこに答えのようなものが現れてしまうことへの抵抗なのかもしれません。僕には本当のことを知りたいとか、確かめたい、という気持ちがあまりないのかもしれない。本当ってなんだって話でもあるのですが。

一子さんも、知りたいと思えただけでも万々歳、と書いていて、知ることがいちばん大事なことではないのかもしれませんが、それでも「できることなら知りたい」と思う先にあるのは、その頃のお母さんの「本当の気持ち」みたいなことなのでしょうか。それともそうではないのでしょうか。どこかへ行ってしまったお母さんの「言葉」は、どんな有り様をした「言葉」なのでしょうか。

娘と一緒に過ごしていると、いつか娘がもっと大きくなって、親である自分の内面についてなんらかの感情とともに思い出したり、想像したりすることがあるのかもしれない、と思うことがあります。

一子さんはお子さんが生まれた頃から日記を書いていて、娘さんたちからすればたくさんの「母親の言葉」が残されているわけですよね。僕も一子さんほどではないですが、なんらかの形でいまの時期の、娘が幼い頃についての言葉を残しておきたいという気持ちがあります。

とはいえなかなかうまく書けずにいて、たぶんあとから振り返ったらこの往復書簡が娘についていちばん情報量の多い言葉になっているかもしれません。

で、いつか本当にそんなとき（娘が何十年前の親の内面に思いを向けるとき）が来たとして、そこで参照される言葉は誰のものになるんでしょうか。親の言葉なのか、それとも娘の言葉なのか。

親が書いたんだから親の言葉、というのはもっともなんだけれど、でもそこにある言葉は本当に本当のことなんだろうか、みたいな書くことについての不信が僕にはあって、あなたの本当の気持ちを教えてください、みたいなことを言われてもうまく答えられないし、僕が書く僕の気持ち、あるいは誰かの気持ちはいつも曖昧で、その曖昧さがいちばんひとの内面に近いと思っています。

これは小説を書いてるからかもしれないし、そんなんだから小説を書くようになったのかもしれません。小説の文章のいいところは、結論や答えがなくてもはじめられるし続いていくところだと思っていて、ああでもないこうでもない、あっちかもしれないしこっちかもしれない、結局わからない、どちらとも言えない、みたいな状態を形にできるところがおもしろいと思います。

でも一方で、曖昧であれ形のないものを形にするという点では、やっぱり誰かの内面をそのまま表すことはできなくて、捨象される部分がきっと出てきてしまうし、もとの対象とは違う形になったり作り変えたりしてしまう部分もあるかもしれません。なにかを言葉にするときにはそのことを引き受けなければならなくて、それを引き受ける覚悟とともに書かれる言葉があります。

最初に戻りますが『かなわない』のなかの一子さんがなくなった友達について書いた「遺影」というエッセイも、そういう言葉だったのではないかと思います。もういないひとについて言葉にするとき、やっぱり僕たちはそのひとがまだいた頃の姿を思い出して書くしかありません。そしてどれだけ言葉を尽くしても、やっぱりそのひとがまだいた頃と同じようには書き切れません。それを引き受けつつ、それでも形にしなくてはいられない、一子さんがあのエッセイを書くときに感じていた焦燥感、それは僕には詳しくわからないけれど、そこにあった切実さのようなものは、文体とかそういう表面的なこととは別に、伝わってくるように思います。誰かが書いたものを読むというのは、そういうことなんだと思います。それは読み手も一緒にその言葉を引き受ける、誰かの言葉を自分の言葉にするということなんだと思います。

娘が生まれる前と生まれたあととで自分に訪れた大きな変化は、自分がいつか思い出される存在になったことかもしれません。それは親子以外の関係でも起こりうるけれど、自分より先に死なないでほしいと思う存在がいることで、自分が死んだあとのことを、誰かに思い出されるかもしれない時間として考えるようになりました。そこに僕はいませんが、僕の言葉を自分の言葉として読む誰かがいるかもしれません。

でもそれもちょっとずるいような気もするんですよね。本当の気持ちなんてものはなくて、すべてを書き表すことはできず、書かれた言葉は読むひととの言葉にもなる。

それじゃあ書き手があまりになにも背負わなすぎではないか、みたいなことを思ったりもします。

ちょうどいま、去年連載を終えた長い小説を本にするにあたって、加筆修正の作業をしているのですが、この作品がこれまで書いた小説と違うのは、自分の知らない時代と場所を舞台にした点でした。戦前の硫黄島という小笠原諸島のなかの島の話なのですが、僕の母方の祖父母が戦争で強制疎開になるまでそこに住んでいました。自分の祖父母のことを書くわけではないからフィクションではあるのですが、当時の島の暮らしぶりやそこで暮らしていたひとたちのことは、自分が暮らす時代や場所のことを書くのと違って、わからないことがたくさんあります。とても少ないけれど資料もあるので、資料を読んだり、当時を知る方に話を聞いたりもするのですが、それでもどうしてもよくわからないことも出てきます。

書くうえで知りたいと思うのは、だいたいちょっとしたこと（食事にどんな食器を使っていたかとか、お便所はどんな感じだったかとか）なんですが、そういう細部がわからないことでぱったりと書き進められなくなってしまうことが少なくないです。調べてもわからなかったときは、想像を膨らませるとか、傍証的な資料（同時代の別の場所の資料とか）を参考にしたりします。

たとえば現代の東京を舞台にした小説であれば、そういう細部については適当につくって書くことは難しくないのですが、知らない時代、知らない場所のことを書くときはそれができません。フィクションだからといって、まったくリアリティのない細部を書き込んでしまうわけにはいかない。なので実際当時はどうだったのかを可能な限り調べて、わかったことをもとに書き進めたのですが、そうしているといかに自分がこれまで「本当はどうか」ということを軽んじてきたか、みたいなことも思ったりするのでした。


なんか今回は難しい話になってしまった。

あっという間に春休みも終わったようで、うちの隣の小学校は一昨日入学式をしていました。花も緑もきれいで外を歩くのが楽しいです。娘は無事保育園の一歳クラスに進級（とは言わないんですかね、保育園は）して、新しいクラスメイトと少しずつ関係を築いたり、新しい環境に少し戸惑ったりもしているようです。歩行は日に日に安定してきて、昨日は朝、家から靴を履いて家のまわりを散歩しました。いつもは抱っこして公園などで歩かせるのですが、娘にとっては初めて自分の足で家の前の道に出る、という経験になりました。花びらや小石を見つけては止まって拾いあげ、検分し、となかなか進まず、マンホールの下から水の音が聞こえれば、なんだろうと興奮し、通勤通学のひとが通りかかれば手を振り、と三十メートルくらい行って帰ってくるだけでも一時間以上かかっての大冒険でした。

ひなまつりは僕が入院していたので、妻がかわいいひな人形のようなご飯をつくってあげていました。ひな飾りは買ったりしていなくて、小さな民芸品みたいなおひな様とお内裏様が並んだ焼き物を去年の初節句のときに妻が買って、今年もそれを棚に飾っています。僕はそういうイベントごとが全然だめでやる気が出ず、妻は張り切るタイプで気合いを入れて準備をしたりするので、モチベーションが揃わずイベント前はもめがちです。妻は姉と弟に挟まれて育ったので、ひな飾りとか洋服なんかはお姉ちゃんのお下がりばかりで、弟は長男なのでそれなりにかわいがられ、と自分は不遇だったから娘にはいろいろしてあげたい、みたいな気持ちがあると言っています。それももちろんあるのでしょうが、子ども心にお姉ちゃんや弟とくらべて不遇に感じられていたにしても、ひな飾りとか誕生日とかのイベントをちゃんとお家で祝ったりする親や祖父母の姿が幼い頃の彼女のまわりにあったことも影響しているのではないかなと僕は勝手に思っています。

僕の育った家ではイベントごとは控えめで、どこかからもらったらしい五月人形はありましたが飾っていた記憶が全然ないし、鯉のぼりとかもなかったし、誕生日とかクリスマスとかも、イベント感はごく控えめで、なにかを張り切るみたいな雰囲気が親にも僕にもなかった気がします。ひとりっ子だったことも多少関係あるのかもしれませんが、僕もそれで特に不満とかいうこともありませんでした。

だからといってそれで愛情不足を感じていたとかいうことでもなく、父親も母親も日頃のいろんな時間、瞬間においては優しかったし、子どもにちゃんと気持ちを向けてくれていたように感じています。いくつぐらいの頃だったかはっきり覚えてはいないのですが、母親と一緒にいて、なんの脈絡もなく僕のことを母親がぎゅーっと抱きしめたことを覚えています。もしかしたら母親なりの脈絡はあったのかもしれませんが、おぼろげなその記憶は、急にどうした、みたいな驚きとともに僕のなかにあります。そのときの母親の気持ちはわかりません。母親が覚えているかもわからないし、訊ねるつもりもありません。こうして「言葉」に残してしまうことにも少々抵抗はあるのですが、それはともかく、自分に子どもができてみて思うのは、あんなふうにかわいさが不意に溢れてしまう瞬間はあるよね、ということです。『死んでいない者』という小説に、この記憶をもとに書いた、娘が母親に脈絡なく抱きしめられたことを思い出す場面があります。それを書くまでは僕の記憶はなんだかよくわからない出来事というだけだったけれど、書いてみたら親の子に対する衝動的な愛おしさの表明みたいな、そんな形がその記憶に与えられました。

子どもが、親のどんな姿を記憶するか。親が覚えているはずないと思っていることを子はしっかり覚えてたりして、勝手に意味や形を与えたりしているんだと思います。

２０２２年４月９日

滝口さんへ
誰かについて書くこと

　つい先日の雨の日曜日、春休みの最後の思い出にと、子どもたちは朝から遊園地へ出掛けていきました。中二の娘の友達二人と、娘たち二人の四人で、朝の八時半に駅集合らしく、張り切ってでかけていく二人に、私は半ば夢の中で、布団の中から「いってらっしゃい」と声をかけました。春休みが始まって、家の中ではずっと子どもたちの気配があったので、静まり返った家が珍しく、さっきまであんなに眠かったのに、すっかり目が覚めてしまい、起き上がって暖房をつけました。その日は最高気温が十度くらいで、この桜散らしの雨の中、子どもたちは大丈夫だろうか……と心配もしましたが、まあなんとかなるか、とすぐに思い直しました。携帯も、モバイルバッテリーも持たせたし、折り畳み傘も自分たちで探し出して持って行ったようなので。

その日はパートナーが家にいたので、最近あったことをお互いに話したり、時間も気にせず好きなタイミングでお菓子をつまんだり、お茶を飲んだりして過ごし、食事に関しては子どもたちがいないとこうも適当になるか、という感じで、単身の暮らしを想像してみたりもしました。とはいえ、そんな生活が数年後には現実になる可能性も高く、賃貸生活の我が家、というか私は、そのときどんな生活をしているのだろう、と少し寂しいような、嬉しいような、複雑な気分です。今は何かにしばられることが嫌で、家を買うことは考えられないけれど、かといって一生家賃を払い続けるのも結局しばられているようで。そんなことをぼんやり考え続けながら、いろんなことを先送りにし、気づけば子どもたちは成人していそうです。

その日の夜は、本当に久しぶりに一人で飲みに出掛けました。パートナーが新宿で久々に自分の父親と妹との会食があるというので、私も一緒に家を出て、一人でゴールデン街へ行くことにしたのです。ゴールデン街には週一で店番をしているバーがあり、そこに立っていると、他のおすすめの店なんかを聞かれることが多いのですが、私はまったく飲み歩かない人間なので、他の店にほとんど行ったことがなく、今日はいい機会だから開拓してみようと思ったのです。伊勢丹の前あたりでパートナーと別れ、雨の中ゴールデン街へ。ここも、自分が店番として立っていなければ、なかなか足を踏み入れられない場所だったと思います。

目当ての店はあいにく休みだったので、結局自分の働いている店で一杯飲み、その後で友人が立っているバーに行ってみました。雨のせいかお客さんも少なく、友人を独り占めできる楽しい状態だったのですが、途中から混んできたので帰ることに。友人が働いている姿を見るのは良いものだし、友人がいるからこそお店に行きたいんだな、私のお店に来てくれる友人たちもこんな気持ちなのかな、と考えたりしました。

二十一時過ぎに子どもたちから連絡があり、やっと帰路についたようです。日中も動画や写真が届き、楽しそうな様子だったので、今日だけは遅くても良しとしよう、と。むしろ、母が家で帰りを待っているわけではないのだから。

その後、食事会の終わったパートナーと妹と落ち合い、駅まで一緒に歩きました。二人とも楽しそうで、さっきまで会っていた父親のことを教えてくれて、親に対していい感情だけではないのはわかっているのですが、それでも羨ましいな、と少しだけ思ったのでした。その羨ましさは、会える親がいることなのか、比較的裕福な家庭に生まれたことなのか、仲のいい兄妹がいることなのか、その全部なのか、そうではないのか。もはや実家からは遠く離れ、ほとんどの親戚付き合いがない私にとって、わずらわしいことがない代わりに手元に残っている気持ちはなんなのだろう、と考えました。

この往復書簡について、滝口さんが「娘についていちばん情報量の多い言葉になっているかもしれません」と書かれていましたね。誰かについて書くことは、とても恐ろしいことかもしれないと、最近強く思います。これまで周りの人、特に家族については散々書いてきたけれど、そこにある私からみた「本当」ってなんなのだろう。

最近『家族最後の日』をパラパラとめくっていて、石田さんのお父さん（以下、親父）について自分が書いた文章に驚きました。石田さんの弟、私にとって義理の弟は数年前に自死しているのですが、そのときのやりとりを通して、私は「お気楽な父親」と書いていたんです。内容は本にあるのでここでは書きませんが、心の底からの怒りから出た言葉でした。自分の本を読み返すことをあまりしないのですが、その文字が目に入ってきたときに、こんなふうに書いてたんだ、と驚いたんです。今の自分はこうは書けないだろうな、とも。親父は石田さんの音楽のことはよくわからなかったと思いますが、家に行けばＣＤや本が買ってあったりもしたし、私のことも好いてくれていたから、もしかすると読んでいるかもしれません。それについて言われたことはないし、話すこともないまま、親父も二年前に亡くなりました。

母も同じで、書いてあるすべては私から見たそのときの「本当」であって、本人からしたらどうなのかはわからない。母にも理由があってそういう行動をとったのかもしれない、と今になって思います。でも、わかることはその瞬間の自分の気持ちだけで、その気持ちさえも刻一刻と変化する。だから私はいつも、日記という表現に逃げているのかもしれません。今はなぜだか、逃げているという表現しか思いつかなくて。

昔言われた、本当に嫌だった言葉で「ようこそ終わりなき育児の世界へ」というものがありました。それは出産直前、なぜか連絡先が繫がった、会ったこともない石田さん側の親族からのメッセージだった覚えがあって、おそらく例の親父が私の妊娠を親族に知らせたときに、お祝いを贈りたいから、ということでメールのやり取りをしたのだと思います。私は大きなお腹を抱えた状態で、この時点でも自分の体が変わっていくことを受け入れられず、さらに未知の世界である出産、育児を控えたナーバスな状況下、まったく知らない人からの言葉に、ものすごいショックを受けた覚えがあります。言葉通り、終わりの見えないとんでもない場所に足を踏み入れてしまったんだ、もう引き返せないんだ……と思い、ただでさえ妊娠したときに、自分が望んでいたこととはいえ、その取り返しの付かなさに絶望していた自分にとっては、本当に大きな釘が刺されたようでした。それは産後、ホルモンバランスが乱れきり、心がちぢりになったときにも呪いのように頭の中に響いたし、わりとつい最近まで、自分の中で処理しきれない言葉として頭の中に鎮座し続けていたものでした。

それがふと、先日子どもたちが自分達だけで遊園地に行ったタイミングで、もしかしたらあれは呪いではなかったかもしれない、と思ったのです。むしろ言葉自体の意味は何も変わってはいなくて、自分の捉え方が変わった。言った本人の真意はわからないけれど、子どもたちと過ごしてきた長い時間が、その呪いを祝福に変えてくれたような気もします。子どもとの世界に終わりがないことを恐ろしく感じていた時期は過ぎて、終わらないことが嬉しい、ありがたい、安心する、そう思えたのです。

どうして滝口さんにこの往復書簡を提案したのかを思い出すと「子どもを育てること」について滝口さんがどう考えているのか知りたくてお誘いした気がします。よくよく考えると、お互いの子どもたちは年齢がずいぶん違うので、滝口さんにとっては何がなんだかではなかったかと今更思ったりもしました。私にとっては、滝口さんのお手紙に書かれているTちゃんの様子を、小さかった娘たちの姿に重ね、いろんなことを思い出すことができ、至福の時間となりました。

そして最後に、二つ前のお手紙の最後にいただいた言葉、本当に嬉しかった。関係性は目に見えないから、私はこうして言葉で形にしたいんだと思います。長い間お付き合いいただき、ありがとうございました。

２０２２年４月12日

一子さんへ
ひとりになること

それについて書こうと思ってもいきなり書きはじめるのが苦手というかできなくて、そのまわりのことからそこへ向かっていこうとするのだけれど、いつの間にか、もともと書こうと思っていたこととは別の話になっていて、そうなると無理に話を戻すみたいなこともできなくて、結局書こうと思っていたことは書かないまま、違う話をたくさんして終わってしまう。なにを書いてもだいたいそうで、小説はそれでもいいんだけど、エッセイとか書評とか、限られた分量で、なにを言いたいのかある程度読み手に示さないといけなそうな文章は、短いはずの道のりがどんどん入り組み迷い込み、挙げ句立ち往生してしまうことがよくあります。

この往復書簡でもそんなふうで、一子さんの書いていた話に応えようと思っていたはずが、いつの間にか違うことを書いてそのまま書き終えてしまう、みたいなお手紙ばかりでした。発表を前提にした往復書簡というのは、小説ともエッセイとも個人的な非公開の日記とかとも違って、一子さんという読み手がまずいて、でもその向こうにはこのやりとりを読む不特定多数の読み手もいて、という、なんだか舞台に上がって観客の前でどこまで自分たちをさらけ出せるか試されているような、そんな感じもありました。一子さんは日記を書いて発表しているから、いつも似たような感じなのかなあとも思いました。日記という表現に逃げているのかもしれない、と一子さんの手紙にありましたが、僕はこの往復書簡を書きながら、たびたび、自分は小説に逃げているのかもしれない、と思っていました。

でも小説を書いている最中は、逃げることを選ぶような余裕とか迷いみたいなものすらなくて、むしろもっと追い込まれているというか、ほかにどうしようもないしなあ、という状態にあるような気がします。だから逃げと言えば逃げなのかもしれなくて、けれども最後の最後にこれ以上逃げ場のなくなったところが、自分の書く場所なのかもしれません。

これが最後の手紙で、いろいろ書きそびれたこともたくさんあるし、書けば書くほど書きそびれることが増えていく道理なわけですが、もう当初の約束の締切もずいぶん過ぎてしまっているし、無理にこぼれたあれこれを拾い集めるよりも、思い浮かぶままに書けばいいのである、と思いながら昨日は電車に乗って一子さんの展示がやっている千葉市美術館に出かけました。

朝娘を保育園に送り届け、ご飯を食べて、午前中に家のことを最低限済ませてお昼に家を出ました。家を出るときは曇天で、予報では午後からだんだん雨になると言っていたので迷いましたが、少し風があったので洗濯物はそのまま外に干して駅に行き、都営新宿線で馬喰横山まで行って、それから総武線に乗り換え。総武線は千葉寄りの方はあまり乗る機会がなく、えらく駅間が長いな、と思いながら乗っていたのですが、それは快速列車だったからのようです。車内は空いていて、新小岩を過ぎると川幅の広い江戸川を越えて、市川、船橋、津田沼、稲毛と、名前はよく聞くけれど降り立ったことはほとんどないから付近の風景が思い浮かばない駅にときどき停まりながら、高架からの抜けのよい景色を眺めていると三十分ほどで終点の千葉駅に着きました。

家からは一時間ちょっとというところです。

　駅からバスに乗って、バス停を降りると小雨が降っていました。千葉市美術館に来たのは二度目で、何年か前に妻と目［mé］の展示を観に来たのが一度目でした。昨日は月曜日で、館内は空いていました。平日の、空いているギャラリーや映画館などの公共空間が僕は好きです。エレベーターで四階に上がって、一子さんの展示がやっているアトリエのスペースに行くと、スタッフの方が展示企画について案内してくれました。

　チラシをもらって、来る前にも一応説明は読んでいたのですが、あまりちゃんと読んでいなかったのか、どんな展示内容だか僕はまったくわかっておらず、スタッフの方に丁寧に説明をしてもらって、そんな展示だったのか！　と思いました。一子さん宛に一子さんの展示の説明をするのは変ですが、読み手の方に向けて説明をしてみると、「あの日のこと覚えてる？」と題されたこの展示では、来場者は自分が思い出す任意の「あの日」について会場内に用意された用紙にその日の出来事について記入し、やはり会場内にあるスタジオでポートレイトを撮影される、というかなり来場者参加型の趣向で、スタッフの方は、もちろん観るだけでもいいですよ、と言っていましたがせっかくなので参加することにしました。会場には僕ひとりです。

どんな日のことを思い出して書いたか、用紙にあったその他の質問事項にどう答えたか、あるいは答えなかったか。それはここには詳しく書かないですが、会場が静かでほかに誰もいなかったこともあり、ひとりでゆっくり考えながら、どう書こうか悩んだりもしながら、結局一時間近く記入用紙に向き合っていたと思います。少しだけ言うと、自分でも、どうしてそんな日のことを思い出して書いたんだろう、という日のことを書きました。「あの日」と問われて、もっとほかに選ぶにふさわしい日があっただろうに。

でも、思い出して、その日について書いてみると、その日は特別なものになり、束の間、その日を中心に自分の人生が編み直されるような気持ちにもなるもので、書くというのは不思議だし、思い出すというのも不思議で、思うようにコントロールできませんね。思い出す前と思い出したあとでは人生が変わってしまうし、書く前と書いたあとでもそう。

そう考えると、日々日記を書くというのはあらためてすごいことで、書くたびに、それまで生きてきた時間とこれから生きる時間の両方を編集し続けるようなところがあるのかもしれない。と書いてみて、ああそうか、写真を撮ることもそうなのか、と思い至ったのでした。写真もまた、シャッターが押されたその日を、その一瞬を、形に残してしまう。「本当」みたいな形にしてしまう。きっと撮るひとにとっても、撮られるひとにとっても。そう思って、写真家としての一子さんがひとを被写体にして撮り続けていることと、これまで書くことについてやりとりしてきたことが、結びつきそうな気がしました。

会場のスタジオで写真を撮って、用紙の記入を終えると、もう二時をまわっていて、保育園のお迎えがあるから五時頃には家に戻らなくてはならないので、美術館をあとにしました。一時間ほどしかいなかったけれど美術館にいた時間はずいぶんと長く感じました。

外に出ると雨は上がっていて、千葉駅まで歩いていくことにして、少し方向を間違えたりしながら、大通りを一本外れたひと通りのないビルの並ぶ通りを歩きました。少しお腹がすいて、コンビニでなにか買うか、帰る途中でパンでも買おうかと思っていたのですが、通りかかったビルの一階にスリランカ料理の店の看板が出ていて、まだ少しくらいなら寄り道ができそうな時間だったのでそこでお昼を食べていくことにしました。

小さなビルの一階にスナックと飲み屋が並んでいて、昼なのでどちらもいまは閉まっていて、狭い通路のいちばん奥にあるスリランカ料理の店の扉を開けてなかに入ると、店内にはひとりだけおじさんの先客がいて、スリランカのひとと思しき背の高い男性店員がカウンターのなかに立っていました。一応やっているか確認するとやっているとのことだったので、奥の方のテーブル席に座って、ランプライスというランチと、ビールを頼みました。

最近はこんなふうに日中ひとりでどこかへ出かける機会はずいぶん少なくなった。と思って、いや外に出る用事じたいはちょこちょこあるか、と思い直し、でもだいたいは新宿とか渋谷とか都心に出る程度のもので、平日の昼間に美術館に行き、こうしてふらっと食堂に入ってご飯ついでにビールを飲む、みたいなことが久しぶりなんだ、と思い直しました。以前は平日は一日中自分の時間で、どこかへ出かけて映画を観たり、美術館に行ったり、そのついでにご飯を食べてお酒を飲んだりして好きな時間に帰ってくる、そんなことは少しも珍しくなかったけれど、コロナ禍と娘の誕生とですっかりそういう愉しみから遠ざかってしまいました。当時は愉しんでいたはずだけれど、いまはそういうことをしたいという気持ちそのものがずいぶん遠くにあるような気がします。

なにより一時間も電車に乗って家から遠い街まで来たことが、思いのほか特別なことのように感じられていたようです。当たり前ですが、同じだけの時間をかけて電車に乗って移動しないことには自宅の方まで戻れないわけで、もしいま娘が熱を出して保育園から連絡があっても、すぐには迎えに行けない。そんな場所に移動して身を置くことは、特に娘が一歳になるまではなかなか思い切れないことでした。

ランプライスというのはバナナの葉っぱでくるまれたお弁当のようなやつで、葉っぱを開いて広げるとご飯の上にカレーのようなソース、お肉、野菜、漬物のようなの、ココナツフレークなどが載っています。立地的にも、この店はスナックか飲み屋の居抜きでできた店かもしれず、長めのカウンターとテーブル席からなる店内の造りは古い喫茶店のようでもありました。ビールを飲みながら壁を見ると、英語とたぶんスリランカの言葉（タミル語かシンハラ語）が併記されたポスターが貼ってありました。海運会社のもののようで、輸出荷物の料金が立法メートル単位で書かれ、千葉県内の会社の住所と連絡先が書いてありました。ランプライスのお肉が思いのほか辛く、カウンターの店員さんに、ランチセットのアイスコーヒーをホットコーヒーに替えられるか訊いたら大丈夫とのことで、もう持ってきていいですか？　と言われたので、いいですよ、と応えると、デザートのシャーベットと一緒に持ってきてくれました。先にいたひとり客のおじさんが会計をして帰り、店内の客は僕ひとりになって、店内にはスリランカのものなのかわからないけれども南アジアっぽい雰囲気はある歌謡曲が流れていて、ときどき店員さんがその音楽とは関係なく、なにか言ったり、笑い声をあげたりします。誰かと電話をしているようでした。

そんな、来てみるまではこんな場所に来るとは思いもしなかった場所でお昼ご飯を食べ、ビールを飲みながら、ああひとりだ、と思う。娘のことを忘れるわけではないけれど、遠い、と思う。物理的な距離は、思い出し方にも作用するものなのか、ともかく半日前には娘は自分の胸の前にいて、ほとんど同じ位置からものを見て、音を聞いて、少しでも娘が声をあげればそれを繰り返してみたり、なにか訊き返してみたりして、手を触り、足を触りしていた娘が、いまはずっと遠く離れた感じがする。自分とは別のひとだと思う。けれども娘のことを思いはじめると意識はとたんに娘のそばに移って、そこから遠く離れたこちら側にいる自分を遠くから見ているような気にもなります。

一子さんに向かって書きつつも、書いているというよりは話している感じで、聞こえなければ聞こえないで構わないというか、聞こえた声が届けばよいか、とそんな話し方をしてしまう。この投げやりな感じというか、自分が言いたいことが相手に伝わることへの執着の薄さは、やはり自分が小説を書くひとだからなのか、自分の書く言葉は、届けと思って届くより、自分から遠く離れたところで、偶然のように届いてほしいと思う気持ちがあるような気がします。

スリランカのお店を出て、千葉駅まで歩き、また総武線快速と都営新宿線に乗って最寄り駅につくと小雨が降っていて、ドラッグストアで買い物をして家に帰り、洗濯物は乾ききらなかったものの雨に濡れてはおらず、乾いていないものを家のなかに干して、娘の夕飯を用意してから、しっかり降り出した雨のなか傘をさして保育園まで娘を迎えに行きました。

家では両親がお父さんお母さんという呼び名を使っているからか、娘はパパママとは言わないのですが、迎えに行くとほかの子につられてなのか、僕の顔を見てパッパーと言って駆け寄ってきます。傘をさして一緒に家に帰り、そこからは毎日同じルーティンで、家に着くとほぼ同じ時間に妻が仕事から帰ってきて、六時半に娘に夕飯を食べさせます。この頃は自分でおさじを使ったりお椀を持ったりしたがるようになって、食べ物が盛大に散らかるので床に新聞を敷きます。なにも考えずに新聞を広げて敷こうとするのですが、二月以降は一面でウクライナの情勢が報じられていることが多く、大きな見出しも悲惨な記事も、読めないとはいえ娘の目に入れたくないような気がして、別のページを表にして敷くことが多いです。ご飯を終えたらお風呂に入れて、お風呂を出たら着替えをして八時過ぎぐらいに寝つきます。

娘と一緒にいるときは、この日の昼間に感じたあの遠さなど嘘だったみたいに娘が近く、そこで自分が発する言葉も、思うことも、目の前の娘とその周囲にしか向かっておらず、全然距離がない感じがします。娘が声や表情や動作を使って表そうとすることの届く範囲に、親である自分の言葉や思いも自然ととどまろうとするのかもしれません。それはなにかを思い出したり、どこかに向かって半ば闇雲に、相手任せに言葉を投げるような、ふだん小説を書くときの言葉の使い方とは違って、いまこの一瞬にだけ現れて、すぐに消えてしまうような言葉ばかりです。

小説の動源はなにかを思い出すことなのではないか、とこの往復書簡にも書いたと思います。小説を書くには小説を書くための言葉の使い方があって、それは過ぎ去ったなにかを思い出し、もう存在しないそのひとや場所や時間に形を与えることができるものだと思います。

けれども小さな子どもと一緒にいると、それとは全然違う、言った先から忘れるような言葉ばかりを娘に繰り出し、そういう言葉ばかりを娘と交わす毎日を過ごしています。そんな状態は書き手として少し怖くもあります。でも、ふとひとりになった瞬間に思うことは、自分ばかりが思い出す主体でなく、やがて過ぎるこの時間や、消えてなくなった言葉のことを、いつかぼんやり思い出して、本当らしく形を与えるひとがいるかもしれない、ということです。それが自分なのか、娘なのか、あるいは妻なのか、それ以外の誰かなのか、わからないけれど、書いた言葉が偶然誰かに届くように、自分が思い出すことまでその誰かに預けてしまおう、そんな気持ちにもなります。それは娘がいるから思えるようになったことだと思います。思い出すことを諦めながら、誰かに思い出されているような。それが僕が育児をしている状態です。

うちより十年先に小さい娘さんたちと過ごしていた一子さんの言葉は、その頃といまとでどんなふうに変わってきたのでしょう。あるいは写真を撮る瞬間の気持ちは。

そしてそれらのことは、これまでどんなふうに変わってきて、この先どんなふうに変わっていくと思いますか？　これが一応最後の手紙だけれど、書けば書くだけ書きそびれるし、訊きたいことも話したいことも増えますよね。また話しましょうね。

2022年4月20日

滝口さんへ
いちこがんばれ

小さい頃、母に無視された時期がありました。何を聞いても答えてもらえず、戸惑って泣いてしまっても、母は完全に私を無きものとして扱いました。小学校に上がる前くらいでしょうか。ただただ理由もわからず困惑し、そのときの父の様子を思い出すと、これはしょうがない、という雰囲気を感じたことは覚えています。まだ会社が倒産せずに働いていた若い頃の母は、仕事から帰ってくるとすぐに布団にもぐりこみ、今思えばそれは殻に閉じこもって、私を含む外の世界を必死に遮断しているようでした。

どれくらいの期間それが続いたのかは覚えていません。突如そのガードが解かれ、いつもの暮らしが戻ってきました。ただ理由は明かされず、私は心のどこかで、自分のせいではないのか、という思いを強く刻んでしまったのだと思います。実際に何が理由だったのかは今もわからないままです。

あのときの母と同じ年代になった私は、おぼろげで、でも強烈な記憶として残っているそれを、今もどう処理していいのかわかりません。ただ理解できるようになったのは、母も一人の人間だということです。そうやって自分の内側に閉じてしまいたい何かが起こっていて、そうせざるをえなかったのだろうことで、自分の身にも覚えのある感覚です。

それもあって、娘たちには自分の心のうちをなるべく伝えようと心がけているところがあります。理由がわからないことのつらさをあのときに植え付けられたからかもしれません。でも、わからないことをわからないままにするということも、相手を尊重する一つの形であることも、今となってはわかります。それでも、まずは言葉で伝えることを、私は選ぼうとしてしまいます。

つい先日、娘と一緒に家電量販店へ行く約束をしていました。もう二か月も過ぎた娘の誕生日ですが、本人の中で欲しいものがやっと決まり、それを買いに行きたいとずっと言われていたのです。中学生にもなると部活やら塾やらでなかなかお互いの都合が合わず、のびのびになっていた約束でした。ふいに、明日なら行けるじゃん、と予定が決まり、娘は大喜びしました。

ですが当日になって、どうにも私の調子が悪く、急に億劫《おっくう》になってしまったのです。昨日までは私自身も楽しみにしていたくらいなのに、自分でもどうしてこんなに行くのが嫌なのか不思議ですらありました。それでも約束なので、とりあえず二人、家を出ました。自分の頭のなかで、これが親である私の務めじゃないか、と鼓舞する声が聞こえます。でも一方で、こんなに自分のことで精一杯なのに、娘の願望を満たしてあげることが、とてもつらく、しんどいと言っている自分がいます。それに、向かおうとしている家電量販店は、関係を解消したばかりのパートナーの家に行く乗り換えの駅で、最近は自然と避けていた場所だということにも気づいたのです。

それに気づいてしまったらもう無理でした。家を出た時点で、全然楽しめず、もはや無になっていた私でしたが、家からの最寄り駅に向かう道中の時点で足がどうしても進まなくなってしまい、嫌で嫌でたまらなくなり、娘の前で泣き出してしまいました。娘はもちろん困惑しています。先ほど書いたような理由も、頭の中が混乱していて、言葉になって出てきません。ただ嫌で嫌で仕方ない、という感情のど真ん中にいるような感じでした。どうしても行きたくない、でも娘のために行ってあげたい。相反する感情に、内側にいる小さな子どもの自分が、地団駄を踏んで叫んでいるようでした。

娘は、無理して行かなくていいよ、今日じゃなくてもいいよ、と不安そうに言ってくれます。それがまた申し訳なくて泣けてきます。とにかく心を無にして向かうことにしました。ここで帰っても状況は何も変わらない。私は乗り越えたいんだ、という気持ちもあったと思います。ただ困惑している娘に対して「行こう」とだけ伝えて、歩みを進めました。頭の中はいろんな思いがぐちゃぐちゃになっていて、それ以外なにも言えなかったのです。

本当は、どうして泣いているのか、今自分がつらいと思っている理由など、伝えた方がいいに決まっています。突然泣き出した情緒不安定な母親と一緒にいるのは、娘にとっても、ひどく不安なものだったのではないかと思います。でも、そのときには何も言葉を発せませんでした。彼の家に近づく電車に揺られながら、思い出を反芻しないようにまた無になり、ロボットのように体を固くし、感情をなくして、家電量販店へ向かいました。賑やかな店内に入ると少し気が紛れ、娘の欲しがっていたヘアアイロンを買ったら、やっとつらさの渦中から抜けることができたような気がしました。

音信不通状態だったパートナーから二か月ぶりに連絡がきたのはその数日前のことでした。二か月間、こちらからメールをしても、電話をしても、何の音沙汰もなく、そうやって遮断され続けることに限界を感じていたタイミングでした。連絡がないことに腹を立て、こちらから一方的に関係を切ろうと考えたことが、何度あったかわかりません。そのたびに、彼はこのまま関係を終わらせるような人ではないと思い直し、持ち堪えた二か月間でした。今となっては遮断していたと思えるのですが、当時は理由もわからず、無視されていると捉えてしまいました。無視され、ないがしろにされているとと思うと、力はどんどん奪われていきます。今思えば、それも自分が勝手に作り出してしまったものなのですが。

彼からの長いメッセージには、返信が遅くなった理由はもちろん、パートナーである今の関係を解消したい理由と、彼自身の気持ちが丁寧に書いてありました。とても悲しいけれど、同時に不思議と嬉しくもありました。まず、返信がきたことに、私はないがしろにされていたわけではなかったんだ、と思えたからです。決して無視をしていたわけではなく、彼なりにこの二か月間、私とのことを真剣に考えてくれていたのでした。

結果はとてもつらく、悲しいものだったのですが、五年間付き合ってきた彼から受け取る、私に向けての初めてのメッセージのような気がして、そうやって正直に自分の気持ちを表してくれたことが、本当にありがたいと感じました。これまで私たちは、心から本音でぶつかることをどこか避けていたのかもしれません。だからこそこういう結果になったのかもしれないし、今はもう仕方のないことだと思えます。

メッセージが届くまでは、無視され続けるのはつらいし、このまま返信が来ないのではないかと思ってやきもきしていたのに、いざこうして結論が出てしまうと、よくわからない状況のままでも、なんとなく関係が保たれている、繋がっていることに安堵していたことがわかりました。彼からのメッセージ、それも真摯な言葉を受け取った以上、これからは別々の道を、たった一人で進まなければならないことに気がつき、足がすくむような不安と途方のなさに、ずっと泣きそうだったのだと思います。

娘たちにとって彼は、私の次に関わる時間の多かった人物でした。急にぱったりと家に来なくなったときにも、すぐにその理由を伝えました。しばらく距離をとることになりそうだよ、と。私が落ち込んだり、情緒不安定になったとしても、理由がわかれば少しは安心できるかもしれないと思ったからです。今こういう状況になっていてね、ということと、時が経てばお母さんはきっと大丈夫になるから、と。それは本当にその通りだと思っています。

関係が終わって、こうしてそのことを書いている今、まだまだ気が重くて、いつもならサッとかける原稿も、珍しく進みが悪いです。書き始めるのも腰が重かった。感情が新鮮なますぐそばにあるから仕方のないことだと思います。でも、こうして書き留めておかなければ、今のこの気持ちも、きっとすべて忘れてしまう。それはもっと寂しいことだと私は思います。

ヘアアイロンを買った当日は、娘たちと一緒に食卓を囲んでいても、伝えることができなかった。言おうとするとまだつらくて、それこそわっと涙が出てしまいました。彼とこの家で過ごした日々や、四人でこのテーブルを囲んだ時間を思い出して、それが悲しくて泣いてしまっている、ということはその場ではすぐに説明できません。娘たちは、大丈夫?とだけ声をかけてくれて、あとは気を使ってか、放っておいてくれました。テレビの方に注目して、わざと二人で盛り上がっているようでした。

娘たちは、ずいぶん大きくなりました。彼といた五年間は、彼女たちの成長と共にありました。五年前はまだ二人とも小学生。夫が亡くなり、その直後に出会った、年若い彼でしたが、精神的に頼っていた部分は大きかった気がします。私が娘のことでイライラしていたら、嗜《たしな》めてくれることもありました。

もう誰かと結婚することは考えられず、籍を入れずにパートナーという関係にこだわっていた私にとって、家族でも夫婦でもない彼の存在は、何にも縛られない、見えにくく不安定な関係だからこそ、ここまで続けられたのかもしれないとさえ思います。

娘たちに関係を解消したと伝えることができたのはしばらくしてからでした。先に伝えた中一の娘は驚いて、でも少し言葉を探して「友達にはなれないの？」と聞いてきました。そうなれたらいいよね、と私も思います。でもしばらく会うことは難しそうです。でもきっとそのうちまた会えるよ、と笑って伝えました。自分は今、言葉に希望を込めているな、とそのときに感じました。

中三の娘は、しばらく家に来ない彼のことを考えていたようで、もしも大震災が起きて、お母さんが迎えに来られない場所にいたとしたら、緊急連絡先リストの一番目に名前を連ねている彼は迎えにきてくれるのかなあ、とちょうど気になっていたと言っていました。大きな地震が起きた際には、保護者が学校まで迎えにいかなくてはならない決まりになっています。保護者以外に数人、普通は親戚の名前を書いたりするのだと思うのですが、私は彼と、近所に住む友人の名前を書かせてもらっていました。大丈夫だよ、そんなときにあなたを見捨てるような人じゃないよ、と伝えました。それに、彼が来られなくても、子どもたちを迎えに行ってくれる人は、周りにたくさんいる気がします。

メッセージが届いてしばらく経ちますが、まだ返事が出せていません。この滝口さんへの原稿を書いたら、何か整理される気持ちもあるかもしれないと期待している部分もあるし、なんだかんだとのばしのばしにしているうちに、どんどん日々が過ぎていきます。彼からの手紙は私にとって悲しいものではあったけれど、同時に、書いてくれたこともそうだし、彼自身が前を向いているように感じられる、希望みたいなものでもありました。いざ自分が手紙をもらって、それに返さなければと思うと、それが真剣であればあるほど、なかなか書き出せないものなのだなと実感しています。

今はまだ彼が夢に出てくることも多く、そのたびに私は泣きながら目を覚ます日々が続いています。具体的な内容は起きてすぐに忘れてしまいますが、夢の中では目の前に彼がいるのに、なぜか言葉が出てこない、という場面が毎回です。伝えたいことはたくさんあるはずなのに、どうしても口が開けない。こちらは喋っているはずなのに、彼には聞こえていない様子。自分の気持ちが溢れていても、伝えられないもどかしさと悔しさで涙が出てきます。こんな夢も、そのうち見なくなるのでしょう。SNSを見るのも、書き込むのもやめてしまいました。

そういえば滝口さんはそんなにSNSをやってらっしゃる印象はないのですが、何か理由はありますか？

自分がSNSに投稿をするのをやめて、わかったことがあります。SNSは承認欲求を満たすためのものと言われていますが、これは私にとって、ある特定の人に向けてのものだったのかもしれない。もうその人が見てくれないのなら、やる必要はないなと思ってしまいました。私をフォローしてくれている不特定多数の人に向けての宣伝にはとても便利ですが、私からすると、たった一人、彼に向けてのメッセージツールだったのかもしれないと思うと、一気にやる気がなくなったのも合点がいくのです。

彼がいなくなって、そういった欲求がなくなったのと同時に、何が一番つらいか考えると、こんなことあったよ、とすぐに言える人、聞いてほしい人がいなくなったことだと思います。日常のささいなことを、いつでも共有できる、それを聞いてくれる。そんな役割を私はパートナーに求めていたのだと思います。

でもそれって、考えれば考えるほど、母にしてもらいたかったことのように思えてくるんです。今日こんなことがあったよ、がんばったよ、と伝えることができて、うんうん、頑張ったね、と聞いてくれる。もちろんそれだけが彼に求めていたことではないけれど、その一端は大きかったはずです。母との問題はまだ解決していない部分も多いけれど、自分が持っている家族に対する問題意識を解消することができれば、人との向き合い方もきっと変わってくるのだろうな、と思います。そんなふうに考えられるようになったことは、大きな変化であり、この悲しみの対価かもしれません。

そんな中、先日久しぶりに福岡に行ってきました。とらきつねという本屋さんでのトークイベントで、実に四年ぶりだったようです。それまでは一年に一度は、とらきつねの鳥羽和久さんがゲストに呼んでくれていました。

鳥羽さんとは本の帯文を著者直々に依頼してくれたのがきっかけで知り合いましたが、私の本をいつも楽しみに読み続けてくれている「一子ウォッチャー」でもあります。初めてトークでお邪魔したときには、イベントの来店特典として、鳥羽さんの作った植本一子年表なるものが配られました。A4のコピー用紙で作った冊子ですが、結構な分量があり、本から得られる情報が細かく年表になっているもので、それはそれは驚きました。鳥羽さんの主観で作られたものですが、塾の先生らしく、私の歴史を本から読み解いて丁寧に整理されたものです。

そんな鳥羽さんを司会に、東京からもう一人ゲストを呼ばせてもらい、三人でのトークでした。もう一人のゲストは前さんという友人で、隔週で集まっているオープンダイアローグのメンバーでもあります。オープンダイアローグは私が自分のためのセーフティネットのひとつとして友人たちと始めた会でしたが、もう二年弱続けていて、メンバーも最近増えたところです。以前から友人だった前さんをオープンダイアローグに誘ったのはどうしてだったか思い出せませんが、おそらく興味を持ってもらえそうと思ったのだと思います。

オープンダイアローグにはルールがありますが、私たちはそこまで厳密にできているわけではないので、なんちゃってオープンダイアローグだと思います。でも、ルールのひとつに、何か問題が発生したときには、二十四時間以内に集まってその人の話を聞くというものがあり、そのルールがあったからこそ、私が彼とのことでピンチに陥ったときには、予定にない日でも、すぐにヘルプを出すことができました。グループＬＩＮＥに「今日話を聞いてくれる人はいますか」と声をかけると、急なことなので集まれないこともちろんわかっているのですが、どんなときでも前さんだけはなんとか時間を作って対応してくれていました。

オープンダイアローグは少なくとも三人以上人がいないと成り立たないのですが、ときには前さんと私だけで、オープンダイアローグというよりは、ただ話を聞いてもらうだけ、という日もありました。でも、そうやって話を聞いてくれる人が私にはいるんだ、ということが、どんなに心強かったか、と今振りかえってみても思います。そんなふうに私の話をずっと聞いてくれた前さんと一緒に福岡に行き、彼から関係を解消したいとメッセージが届いた直後でしたが、なんとか人前でも話をすることができました。

最近の話をする流れで、彼からの手紙のことも言わざるをえない状況になり、それを自分の口から言葉にすることを恐れていた部分もあったのですが、前さんと、鳥羽さんと、そして会場に来てくれた、いわば一子ウォッチャーたちの温かい雰囲気もあってか、ちゃんと自分の口から、冷静に話すことができました。その瞬間、会場で最前列にいた女性が、声にならない悲鳴をあげて、その後涙をぬぐっているのも見えたのですが、そんなふうに泣いてくれたりする人がいることに、改めて驚き、なんだか申し訳ないような、でも嬉しく、あたたかい気持ちになりました。

トークが終わってサインを書いていたのですが、四年前のトークにも来たんです、という人が声をかけてくれました。そのときに一緒に撮った写真を見せてくれて、そこには今よりも四つ若い私がにこにこと写っています。その人は、私もいちこってい う名前で、一子さんと同い年なんです、と教えてくれました。「え！　おんなじ名前！」と驚いて顔をあげると、細身の女性が立っていました。

これまで同じ名前の人に会ったことがあっただろうか、と考えると、あまり記憶にありません。いたかもしれないけれど自分とは関係ない人だったり、珍しいのでそもそも会うタイミングがないのです。四年前の写真には、私が書いたサインに「いちこさんへ」とあります。同じ名前の人が来てくれたことを、なぜかあまり覚えていませんでした。四年前、一子さんに会ったあとに知り合った彼と付き合うことになって、『かなわない』を読んでって勧めたりしたんです、と今日はその彼と二人で来てくれていました。

まるで今回初めて会ったかのような気がして、いちこさんかぁ、と口にしながら、本にサインをします。このとき、とても不思議な気持ちになったんです。あ、仲間がいたって。もちろん今日が会うのは二回目の人で、彼女のことは何も知りません。でも、同じ歳の同じ名前というだけで、彼女の中に自分を見た気がして、急に嬉しさがこみ上げました。

私は自分が自分でいることにとても心細さを感じる人間です。たくさんの人が私の本を読んでくれて、私のことを好きになってくれているとわかっているようで、どこか信じられていないところがあります。自信のなさがそうさせているのかもしれませんが、彼女を目の前にしたときに、私と同じいちこがここにいて、これまで私たちは別の人生を生きてきたけれど、頑張ってここまできたんだね、それで今日会えたんだね、という気持ちになったんです。

こんなふうに誰かに対して思ったことはこれまで一度もなかったように思います。まるで同志を見つけたような、双子の片割れを見つけたような、もう一人の自分をそこに見たような気分でした。そしてそれはとても不思議な嬉しさだったのです。

サインを終えて、一緒に写真を撮り、彼女が会場を去ろうとしたとき、思わず声をかけていました。

「いちこがんばれ！」

これは、彼女に向けての言葉でもあり、自分に向けての言葉でもありました。ここにも自分がいた、私は一人じゃない、そう思いました。彼女を通して自分に対して向けた言葉は、不思議ととても力のあるものでした。

すると、恥ずかしそうにぺこっと頭を下げた彼女に、彼が後ろから「言わないと」と小さく声をかけていました。彼女はハッとして「いちこがんばれ！」と恥ずかしそうに返してくれました。そうやって福岡のいちこさんとは別れました。たったそれだけのことだけど、そのときの私には何かとても響くものがあり、この邂逅のためにここへ来たのかもしれない、とさえ思いました。

今でもそのときのことを思い出すと、不思議と涙が出そうになります。自分で自分を励ましているような、自分の仲間を見つけたような。福岡のいちこさんとはそれ以降やりとりはしていませんが、ときどき、いちこ頑張ってるかな、私も頑張ってるよ、と考えたりもします。

福岡から帰ってきた翌日に、滝口さんにも家にきてもらって、集まってくれた友人たち、総勢五人で彼の荷物をまとめる会をやりましたね。午前中に段ボールを近所のヤマトで買ってきて、大小合わせて三個用意していたのですが、案の定足りず、途中で滝口さんに、この暑さの中、追加で買いに行ってもらったりもしました。この日が来ることも気が重かったのですが、子どもたちの夏休みが始まる前の、二人がいないタイミングでどうしても終わらせたく、そうなると私の動ける日がそこしかなかったのです。だから日程が決まって声をかけたら、みんなが忙しいなか予定を合わせて来てくれて本当にありがたかった。

気が重かった作業も、始めてしまえばあっという間に終わってしまい、ほんの一時間ほどでしょうか。大きな段ボールが四つと、釣り竿が一本、合わせて五個口の荷物ができました。彼の荷物をまとめるなんて、とてもじゃないけどつらくて一人じゃできなかった。来てくれたみんなに、心から感謝しています。彼にも荷物を送った旨をメールしましたが、これまでとは違って、すぐにお礼の返事がきて、みなさんにも感謝を、とありました。本当はこちらからの手紙の返事を同封したかったのだけど、それは間に合わず、でも福岡にトークを聞きに来てくれたお客さんからプレゼントされた四人分のラーメンのうち、一つを同封したので、それを一緒に送ることができてよかった。

パートナーのことはたくさん本に書いてきたから、会ったことがなくても、読者の人が彼の存在も大事に思ってくれているのがわかります。パートナーを解消したと話したら、会場から小さい悲鳴が上がったのには、今考えると笑ってしまいますが、なんだかありがたいことですね。荷物はちゃんと開封してくれたかな。

荷物をまとめ終わって、みんなでおやつを食べながらだらだらと喋っていたとき、滝口さんが何気なく教えてくれた話がありました。その日の朝のことだったのかな、二歳のTちゃんを、滝口さんが保育園に自転車で送って行こうとしたとき、Tちゃんが急に、自分の胸の辺りに両手を当てて、これがいっちゃん、と言っていたと。それを聞いたとき、滝口さんが私のTシャツを着ていたのかと思ったのです。私が自分で作った、幼い頃の私の顔が大きくプリントされているTシャツで、滝口さんは二枚も持っていますすね。普段着としてよく着てくれているそうで、ありがたいやら恥ずかしいやら。だから滝口さんの胸にある私を見て、これがいっちゃん、と言っているのかなと。

そう聞くと、滝口さんは、いや、着ていなくて、ただ急にそう言い出したんですよ、と。これがいっちゃん。私はそれを聞いた瞬間、みんなの前で泣いてしまいました。友人たちもびっくりして、泣いちゃった……と呆気にとられていましたが、自分でも驚きました。あぁ、Tちゃんの中にも、わたしはいるんだな、と思って、嬉しくて、びっくりして、それで涙が出てしまったんです。

その前日に、福岡で、同じ名前の仲間であり、味方がいる、と思えたことも大きかったと思います。福岡に集まってくれた会場のお客さんたちもそうです。鳥羽さんも、いか前さんも、そしてこうして荷物を一緒にまとめるのを手伝ってくれた滝口さん、いかりん、ピコちゃん、髙橋さんも。私には仲間や、味方や、応援してくれる人がたくさんいて、その人の心の中に、私はちゃんと存在しているんだって、実感することが立て続けに起きたからです。

そんなことはパートナーがいてもいなくても変わらなかったはずなのに、私は今まで気づけていなかったというか、心の底からは腑に落ちてなかったように思います。一人になった今だからこそ、初めて受け入れられたことかもしれません。もちろん、彼の中にも、きっと私はいなくなっていない、とも思います。そう思えるようになりました。

今はまだ彼のことを思い出すとつらくなったり、涙も出るけれど、それもじきに慣れて遠ざかり、過ぎ去って消えていく感情だと知っています。この気持ちも、考えていることも、変わっていくし、いつか忘れさえする。日々楽になるのは時間による素晴らしい薬だけど、そうやって消えていくものを考えると、どうしても寂しくなります。だから私は、今の気持ちをこうして残しておきたいんだと思うんです。

２０２３年７月30日

一子さんへ
愛は時間がかかる

一子さんと最初につくった往復書簡の本のもとになったやりとりは二〇二一年の暮れから翌年の春ごろまでだったかと思います。二年以上が経ったわけですね。

久しぶりに一子さんからの手紙を受け取り、なんと返事を書こうかと考えるのは、懐かしい感じもしたし、同時に以前と比べて少し違った感じもしました。それはたぶん我々がずいぶん親しくなったからではないかと思います。

あの頃も、花を届けてくれたり、ときどきうちに遊びにきてくれたりしていたけれど、往復書簡の本をつくってからは家族や友人を交えてどちらかの家で食事をする機会が増え、その度ごとにきっと僕たちは少しずつ気安くなっていき、日頃ちょこちょこっとした用件で会うことも増えました。

先月末に手紙を受け取ってから、いまこうして返事を書きはじめるまでのひと月ほどのあいだにも、五、六回は顔を合わせたでしょうか。今日から見ていちばん最近は一昨日です。ご実家のお母さんから送られてきた野菜と漬物をお裾分けにうちに持ってきてくれましたね。

手紙って、受け取って書くまでにどうしても時間がかかるものですが、なんと返事を書こうか考えているあいだ、その宛先であるひとと頻繁に顔を合わせるというのはなんだか不思議なシチュエーションだ、と思います。

お裾分けしてもらったなかに入っていたお母さんの奈良漬はたしか去年もいただきました。去年もおいしくて感激したのですが、今年もおいしくて感激しています。おいしいものを食べる感激は、一年前と同じ経験でも、同じように感激するものですね。食べものの味というのは、忘れられない出来事の記憶と違って、うまく覚えておけないためでしょうか。ほかにも一子さんが持ってきてくれた袋に入っていた野菜はどれもおいしくて、いただいた大きな茄子でつくったお味噌汁を、昨日今日と娘は全部残さず食べました。

娘は二歳七か月になり、それは一子さんがくれた茄子だよ、と言うと、いっちゃん、と応えます。だいたいこちらの言うことは伝わっているようです。娘にとって一子さんはときどき家にやって来るひととして、確かにその顔と名前を認識している知り合いのひとりです。件の一子Tシャツを僕が着ていると、その子どもの頃の一子さんの顔を指差し、いっちゃんかわいい、と言います。

親や保育園で会うひとたち以外のことを、娘がどういうふうに見ているのか、二歳頃までは傍で見ていてもよくわからず、何度か会ったひとでも忘れてしまってはじめて接するように思っているのかな、となんとなく考えていたのですが（大人でもそういうことはありますし）、ある時期以降はかつて会ったひとの名前を覚えられるようになって、そのひとがいない場面で唐突に口にしたりするようになり、ああ娘は目の前にいないひとを思い出せるようになったんだなと知りました。もともと思い出したりはしていたのかもしれないけれど、そのひととそのひとの名前が一致して、それを口にできなければ、周囲にはそのことがわかりません。だから、こちらからすれば、なんで急に突然そのひとの名前を？　と驚くのですが、でも考えてみれば大人だって、不意に何年も思い出さなかったひとのことを思い出したりすることはありますよね。思い出しても口にせず、口にしなければ気づかれないというだけで。

家族、友人、仕事相手、知り合い、と大人は他人をいろいろに呼び分けますが、娘にとってはまだ細かい区別はたぶんなくて、保育園で新しい友達と仲良くなるように、名前と顔を覚えたひとに親しみを覚え、自分はそのひとを知っている、ということを確かめるように、そのひとのことを思い出したときにその名前を口にしているのではないか。実際どうかわかりませんが、親から見ると、そんなふうな印象です。

野菜の話が続きますが、これもいただいた袋に入っていた大きなきゅうりは、少し切って塩とごま油と海苔で和えて茄子の味噌汁と一緒に今日の夕飯に出してみました。でも娘は最近きゅうりが好きでないらしく、ほとんど食べないので結局僕が食べました。おいしかったです。娘は少し前にはきゅうりをおいしいおいしいと食べていて、本当に嫌いなわけではないと思うのですが、最近は「これは嫌い」と意思表示すること、そしてそれを食べないという態度を示すこと、そういう言行一致をプレイするようなことを、ときどきやってみているようです。だから娘の発言上は、好きなものも嫌いなものも毎日ころころ変わります。しかしこれも、大人の方が発言や意思表示を強く持続的なものとして捉えすぎなのかも、と思ったりします。きゅうりを食べたい日もあれば、食べたくない日もありますよね、大人でも。調理の仕方次第で食べたくも、食べたくなくもなるし。それを好き嫌いと言ってもいいのかもしれない。でも、大人だったら好き嫌いをそんな不安定で落ち着きのないものにしたら、生きづらいのかもしれません。子どもは生きづらいんだろうか、そうでもないんだろうか、とかときどき考えてしまいますが、生きづらいというのは昨日と今日と明日が続いている時間のなかで求められる不可逆性とか一貫性とかのもとにあって、娘はそういう時間のなかをまだ生きていないのだと思います。

そんなわけで毎日の食事の用意はなかなか難しく、食べてくれると思ったものを全然食べてくれなかったりすることもしばしばなのですが、今日の夕飯につくった鮭のチャーハンはたくさん食べてくれました。気ままな好き嫌いに振り回されているからこそ、食べてもらえるとつくった方としてはとても嬉しく、よしっ、とガッツポーズをしたくなります。

もらった野菜の話をたくさん書いてしまった。いまは夜で、娘が寝ついたあと、一子さんのお母さんの奈良漬をつまみに少しお酒を飲みながらこの手紙を書いています。

送るときはたぶんデータにしますが、便箋に手書きで書きはじめてみました。

この二年半で、親しく気安くなったことも大きな変化だけれど、もうひとつ、僕たちは互いの書く文章を読み合うことも続けてきました。往復書簡はその大切なきっかけであったけれど、今年一子さんの『愛は時間がかかる』が出たこと、そしてそれを読んだことは僕にとっては大きなことでした。

そう、時間のことを書こう、というのが今回の一子さんの手紙を読みながら行き着いたところでした。

『愛は時間がかかる』は、タイトルの通り、時間についての本でもあったと思います。この本を読んで思ったことや考えたことをまとめて記すことはいまもうまくできません。でも、少なくとも僕はあの本を読みながら、この本について、ひとことでいいとか悪いとか言い表すのではなく、それこそ時間をかけて、この本について考えようと思いました。考えたことが腑に落ちて、落ち着いた言葉になるまでは、簡単な言評はできる限りしたくない、というような気持ちでもいました。

そこにも一子さんと僕のあいだのいろんな時間が関係しています。『愛は時間がかかる』は、一子さんがこれまで用いてきた日記という形式を採らずに書かれた本でした。日記以外の書き方で書くことについては、往復書簡のあとも一子さんからたびたび話を聞いたり、ご一緒したトークイベントとか鼎談なんかでもよく話題に挙がったので、書き手としての一子さんの試行錯誤の過程とその結果の変化を間近で見せてもらったような気持ちでいます。

その変化は、書き手である一子さんにとってはもちろん、これまで一子さんの書かれたものを読んできた読者にとっても、小さくないものだったのではないかと思いますが、どうなんだろう。もしかしたら、これまで一子さんの本を読んできた読者のなかには、〈植本一子の日記ではない文章〉に戸惑いを覚えたひともいたのではないだろうか。そしてなかにはその戸惑いをネガティブな印象として持ったひともいたのではないか。つまり、以前の植本一子の方が好きだった、エッセイというスタイルでは物足りない、そんな反応もあったのではないだろうか。この本の誕生に陰ながら立ち会った気持ちを持っている者からすると、勝手にそんな不安を覚えたりもしていました。

念のため言っておくと、僕は『愛は時間がかかる』は一子さんの現在のところのべストワークだと思っています。それはなにより、書き方の変化を以てそう思います。でもやっぱり書き手にとって読み手というのは一様ではなくて、これまでと違うことをすれば、前の方がよかったというひともいるし、前はよくなかったけど今度のはよかったというひともいます。勝手なことばかり言いやがって、とも思うけれど、勝手に読んでくれることは大事で、みんながこちらの思う通りに読んでくれるのは怖いし、そんなんだったら書く意味がない。だから読み手の反応に一喜一憂してもしょうがないと僕は思うのだけど、僕と一子さんとではフィクションの書き手とノンフィクションの書き手という大きな違いがあって、まして自分の身辺のことを書いている書き手にとって、読者の反応はより強く、直接的な反応として受け止められるものと想像します。いや、その重さは正直なかなか想像がつきません。書き手自身が引き受けていることの質も重さも違うと思います。

書き方は違っても、『愛は時間がかかる』はこれまでの日記と同じように、一子さんが自分自身について書くことを引き受けて書かれたものです。身を削るように、という修辞を僕はふだんまず使いませんが、一子さんの書いたものにはその言い方がふさわしいと思います。だから、この一子さんの変化がポジティブなものとして読者に届いてほしい、と願うような気持ちがありました。

日記からエッセイへ。この変化に伴って生じた大人しさ、穏やかさ。繰り返しになりますが、僕はその穏やかさを以て『愛は時間がかかる』を書き手植本一子の現時点での最高傑作と思っているのですが、その穏やかさにも、日記とエッセイという形式のあいだにある時間が関係していると思います。

日記というのは、それがいつ書かれるにせよ、形式としてはある一日の日付のもとに留まり、囲われる文章で、その文章はその前後の日付から隔てられています。だから、その文章のなかに書かれることも、その日以降の時間へと延びていかなくてもいい（延びていったっていいと僕は思いますが、少なくとも延びていかなくてもいい）。それは書かれたことと文章とのあいだにある時間の幅や、文章が含む時間が短いということだと思います。そしてその短さのもとにある文章に、瞬間的な輝きとか勢いのようなものが付帯するのではないでしょうか。一子さんの日記の鮮烈さもそういうものだと思います。

一方で、文章というのは、常に書くと書かれるとのあいだに時差があり、それが大きなものになればなるほど、書かれる対象が持つ鮮やかさは失われ、鈍く、野暮ったくなるものだと思うのです。日記からエッセイへという変化は、この時間の幅に伴う鈍化を引き受けることでもあるのではないか。まさに「時間がかかる」。もちろん、その鈍化と引き換えに得られる、書けるようになることがあって、その書き方でなければ書かれなかった文章、替えの利かない文章になる。『愛は時間がかかる』の文章もそういうものだったと思いますが、一子さんが長らく日記とエッセイの狭間で煩悶していたのも、この書くことと時間にまつわる鈍化、そしてその引き換えにかかわる問題だったのではないか、と思い至ったのでした。

前回の往復書簡でもそうでしたが、やっぱりもらった内容に直接応答するような書き方が僕はできなくて、そこにも往復書簡という方法に伴う時間、時差が関係しているはずで、僕の応答もまた一種の鈍化の例でしょう。時間の問題は、文章を書くうえで重要なものだなあとあらためて思っています。

ご自身の経験から、心のうちについて娘さんたちに言葉で伝えることを大切にしている、という一子さんの姿勢には、大いに考えるところがありました。僕にはそれがかなり難しいことだと思えるからです。そしてそう思うとき、自分が日記ではなく、エッセイ、そしてフィクションという形式の散文を選んで書いているということ、そのことの後ろめたさのような感覚にも気づかされます。僕はすすんで鈍く、遅く、あろうとしているのかもしれません。自分の心のうちを他者に正直に伝えることから逃れるみたいに。

この手紙を書きはじめた日の夜、子どもが寝て、妻とふたりで家のリビングにいたとき、妻が突然僕の子ども時代について話題を向けてきました。僕は小学生の頃、数年間少年野球をやっていたのですが、たしか五年生のとき行くのがいやになってチームを辞めました。そのことについて妻が訊ねてきて、なにかいじめられたり、いやな扱いを受けたからだったのではないか？ と言います。どうして急にそんなことを訊くんだろうと思ったのですが、お盆に僕の実家に数日帰省した際、僕がいない場で僕の母親からその話を聞かされたのだそうです。

母親は、僕が野球チームを辞めたのは、なにかチーム内の人間関係が理由だと思っていたようで、たぶん僕が毎週末の練習や試合に行かなくなってからだと思うのですが、誰かチームの上級生が家に訪ねてきたことがあったそうです。僕はそのことも記憶にないのですが、休みがちなチームメイトを誰かが誘いにくるみたいなことくらいはもしかしたらあったかもしれません。で、母親は、そのとき息子はチームメイトになにかいやなことを言われて、それでチームを辞めたんだと思う、そう妻に語ったそうです。もう三十年も前のことですが、そのあいだ、母親は僕に直接そのことを問うたら息子が傷つくかもしれないと思ってなにも言うことができず、先日ようやく妻にその話をしたのでした。

僕が野球チームを辞めたのは、特に人間関係のトラブルとかではなく、土曜の午後も日曜も休みなく練習ばかりで続けるのがいやになった、もう少しゆっくりしたい、という理由だったのですが、母親が抱え続けたその懸念の重さ、というか長さ、を知って驚きました。自分は本当はなにか人間関係のトラブルでチームを辞めたのだったかもしれない（そしてそれを忘れようと努めていたのかもしれない）、と一瞬自分の記憶が疑わしくなったほどです。でもよく考えてみても、当時の自分がチームを辞めたかったのはただただ週末の自由な時間がないから、というなんというか身も蓋もない理由で、けれども休みたいとか遊びたいという欲求はともかく、小学五年生にとってあるグループから抜けることはそれなりに重く、悩ましい決断だったはずで、その深刻さを感じ取った母親は、それに見合った理由を三十年間探し続けていたのかもしれません。

で、妻を介したそういうやりとりがあって、母親とその件について僕が話をするかと言ったら、いまも話してはいないし、今後もすすんでは話さない気がします（でも、ここにこうして書いたことはその意向をちょっと動揺させるかもしれません）。つくづく、なにかを明らかにしようとせず、自分のうちにとどめておく、たぶんなにか別の形になって外に出てくるまで。それが僕の物事に対する姿勢なんだなと思います。それは僕が小説を書くひとだからかもしれないし、息子にまつわる懸念を三十年も秘めていた母親の気質を譲り受けているのかもしれません。おもしろいのは、そういう僕や母親の長い時間を一瞬で吹き飛ばすように、その話を母親から聞いて、そして抱え持つことなく僕に伝えることになる妻の存在です。聞き手としても語り手としても軽やかで、どちらかというと日記的な重たい話を抱え持つことをきらう妻は、簡単に腹を割らない僕と母親、あるいは僕と生前の父親との関係性が理解できないとよく言っています。

語ることと語らないこと、守られていれば重く固いままの何十年の秘密も、語られてしまえば一瞬で明らかになり、そこには悩ましい懸念などなにも存在しなかったことになったりもして、ただ長い時間だけが残ったりもする。もちろん、そうでない場合もある。だから簡単に口にはできないし、問いただせないのですが、僕は時間がかかること、長い時間によって変化することを、いちばん大事にしているのだと思います。それは日和見主義的で非行動的でもあり、実生活や社会において功罪はあるけれど、少なくとも書き手としての自分はその姿勢を大切なものだと思っています。

覚えている問いかけがひとつありました。SNSについて。

僕はツイッターしか動かしていませんが（フェイスブックのアカウントも持っているけど、これはアメリカ滞在中に現地の仲間うちでコミュニケーションをとるためにつくって、その後もそれ以外には使っていません）、ツイッターも基本的に文筆業の告知の範囲内で使うことにしていて、プライベートなことは書かないようにしています。誰がなにを書いてもまあいいとは思うのですが、僕の場合はいま使っている程度を超えた内容はあのプラットフォーム上では書けない、責任がとれないという判断です。なので、どこに向けて書いてるかというと、誰に見られてもいいように、あらゆるひとに向けて書いているということになり、そうすると自ずとそんなに書くことがない。SNSのアカウントってひとつの人格みたいなものだと思うので、いわゆる裏アカとかつくってなにか書き込みたくなることもないではないですが（やんないけど）、公私含めた個人ではなく書き手としての自分の公的な情報案内に限って運用しているという感じです。公的であるから消極的ということでもないのですが、たとえば社会問題や政治的なトピックに言及すると、ソーシャルメディアである以上、そのフォローや他者とのやりとりが必要になる場合もあって、自分の運用能力ではそこまでやりきれないからその手前で線を引いています。

心を動かされた投稿になにかアクションしたいと思うこともありますが、ここは先に書いたような書き手としての姿勢が日和見主義的なものに映ってしまうところで、葛藤もあるんですが、やっぱり書き手として書くべきことは自分がちゃんと書ける場所に書くべきで、その姿勢を保つべきと思っています。

まだまだ暑さは続きそうですが、娘のお迎えに行くと日がずいぶん短くなってきたのがよくわかります。夜の虫の声も変わってきました。お子さんたちの夏休みももう終わりですね。明日はいただいた袋に入っていた白い瓜のような果物を食べてみます。

2023年8月28日

滝口さんへ
ひとりは、わるいものじゃないですね

お返事を書こうと思いつつ、締め切りを過ぎてしまいました。そもそも、手紙に締め切りがあるのもおかしいのですが、書き出すことができず、落ち着かないまま数日が過ぎ、今やっとこうして書き始めたところです。いつもなら何を書くか、どの原稿でも箇条書きのメモを取っていて、それを頼りに書いていくのですが、今日は何も見ないで、思いつくままに書いてみようと思います。

依頼された原稿の締め切りに遅れることはあまりありません。締め切りというものに追いかけられるのが嫌で、なるべく早く、その状況から切り上げたい、という気持ちが強く、数日前には書き終わっているものも多いです。自費出版で本を出すことにも随分慣れましたが、それこそ自分でスケジュール管理をしなければならないので、校正やデザイン、印刷にかかる時間を逆算して、原稿の締め切りも自分で設定します。

自分で自分の首を絞めることがわかっているから、書くことが急ぎ足になることも。特に日記は、書き抜く、という感じかもしれません。書き抜く、という言葉は、先日滝口さんから私の文章について言われた言葉で、あれからずっと、書き抜く、ということについて考えていました。

この原稿の締め切りを無視できたのも（とはいえ数日ですが）、本の出版が少し先で、余裕がまだあることがわかっているからですが、それ以上に、何を書いていいのかわからないからでもありました。お返事を書くまで約一か月の時間があり、その間メモもいくつか取っていました。でも、日々自分の気持ちや状況が変わっていることに気づき、書こうと思っていたことがすでに古いような気がしたのです。

もちろん、変わらないこともあるのですが、先日滝口さんと会ったときに言われた

「書き抜く」やり方では、溢れていってしまうものがあるのかもしれない。後ろを振り返らず、ただ前を見て走るようなイメージの書き抜くでは、今わたしが大事にしようとしているものは残せないかもしれない。そう思うと、なかなかこの手紙を書き出すことが出来ませんでした。今日は意識してゆっくりと、書いていこうと思います。

前回のお手紙の、時を超えた野球部の一連の話を読んで、当たり前のことですが、滝口さんと私は全然違うんだな、と思いました。私は三歳の頃からピアノを習っていましたが、いつからか辞めたいと強く思っていても、どうしても母に言い出すことが出来ず、小学校を卒業するまでなんとか続けた記憶があります。あとから入ってきた同級生よりも早くに始めていたこともあり、先頭を走るように、途中までは楽しく進んでいったのですが、レベルが上がるにつれて、日々の練習が嫌になっていきました。練習をしていなければ弾くことはできず、ほぼ初見の楽譜を見つめながら、動かない指を鍵盤に置き、泣きながらピアノの前に座っていることもしばしばありました。女の先生はずっと黙ったまま、じっと私の斜め後ろに腕を組んで座っています。やる気のない生徒が可愛くないのは仕方ないかもしれませんが、本当に怖かった。みんなが私を追い抜いて行った。それでも、父のたっての希望もあって始めたピアノを、自分の意思でやめる、という選択は私には考えられませんでした。

生まれ育った環境は、自分の人格形成に大きく影響を及ぼしたと思います。ピアノ教室もそうですが、群れから一人はぐれることを、私は一番恐れていたように思います。

中学の部活動は全員入部で、美術部か卓球部かで悩みました。運動が苦手な私は、このタイミングで運動部を選ばなければ、これから先運動をするタイミングは来ないだろうと思い、卓球部を選びましたが、先輩や同級生との人間関係にだいぶ心を削られました。思えば、まだまだ子どもだった小学生が、たった数日で中学生にならなければいけないことはもちろん、規律や上下関係といった環境の変化も凄まじいものです。部活での人間関係のいざこざは堪えるものがありましたが、そこを辞めて美術部に移動する、という選択もまた難しかった。

美術部は帰宅部同然で、ある種行き場のない子たちの受け皿のようにもなっていました。今考えれば、部活の内容云々ではなく、人間関係でしんどい思いをするくらいなら、美術部に移動して、のんびり過ごしたってよかった。美術の授業も、美術部の先生も好きでしたから。でも、周囲からの見られ方をとにかく気にしていた。何かレッテルを貼られるかもしれないと。

時を同じくして男女交際が周りで起こり始めました。今思えば、私はそれにずいぶん助けられていたのだと思います。クラスの中でも数人、ちょっと目立つような子たちが、やれ告白しただのなんだので付き合った、別れた、とはしゃいでいましたが、特段派手でもなかった私も、恋愛には興味があり、中学の三年間で数人の男子と付き合いました。

今となっては相手がどんな人たちだったか、どんな始まり方をして、どんな終わり方をしたのかも覚えていない可愛いものですが、自分には誰か特別な人がいるんだ、という事実は、部活でのいざこざや、難しくなっていた母との関係を忘れさせてくれる大きな力がありました。そのときは、私にとってたった一人のかけがえのない人、と思っていたはずですが、今思い出せるのはあの瞬間の高揚感だけ。自分は一人ではない、という自信が、多感な時期のハードな日々をなんとかやりこなすためには必要だったのだと思います。

自分の過去の話を書くのは、なかなか体力が要りますね。いつものように筆が進まず、ちょっと戸惑ってもいます。でも、この先書くことにどうしても必要なことのような気がするので、もう少し頑張って書きます。

前回のお手紙で触れてくださった私の本『愛は時間がかかる』で取り組んだトラウマ治療では、私の中にある、特にパートナーに対して起こる問題を解決すべく、治療を進めました。トラウマと呼べる記憶を幼い頃まで遡り、いくつかの大きい出来事に着目して記憶を掘り起こします。治療では扱わなかったけれど、あれもやっぱりトラウマだろうな、という幾つかの記憶を思い出しました。

その一つが、小学生のときにクラスの女子全員から仲間外れにあったことです。それが数日だったのか、数か月だったのか、数年だったのかも、もはや思い出せないのですが、思い出せないということは覚えていないということではなく、あまりにつらかったから蓋をしているんだろうと思います。何がきっかけとかではなく、ただ仲間外れにする順番が私に回ってきた。何も悪いことはしていなかったはず……と、その始まりの記憶はあいまいです。でも、子どもというのはときどきそういう残酷なことをするものです。私にも誰かを無視した時期があり、順番が回ってきただけでした。

でもあのときの主犯格というか、リーダーの子に順番は回ってこなかった。そのことはよく覚えています。今どうしてるんだろう。あんなことをして、今もこんなふうに考えている人間がいることを、あの子はきっと思いもしないでしょう。そうやって仲間外れにされたり、無視をされた経験で、今の私の考え方や行動が決まっていたりします。それは結構やっかいなことだったりもするけれど、同時に、あの苦しさを知っているからこそ、私は二度とそんなことをしない、誰かを排除したりしない、と決めてもいます。

つい先日、中三の娘が修学旅行から帰ってきました。奈良と京都に行き、とても楽しかったようです。修学旅行の自由行動の班決めでは、話ができる子と一緒になれたからよかった、と言っていて、私もそれを聞いて安心していました。

娘は同じクラスに気安く喋れる友達がいない、と前から言っていました。だからクラスでは一人でいることも多いとか。毎年クラス替えがあり、一、二年生のクラスでは、小学校から仲良くしていて、うちにもしょっちゅう遊びに来ていた子と一緒だったので、私も特に気にすることはなかったのですが、三年生になり、数少ない仲のいい子たちとはクラスが離れてしまいました。それでも、自然と同じクラス内で誰か仲のいい人ができるだろうと思っていたので、以前から、クラスに友達ができない、と娘から聞かされるたびに、ひそかに胸を痛めていました。もしも自分がクラスでひとりぼっちだと考えると、嫌な記憶が蘇ります。それでも娘の様子を見たり、話を聞く限り、友達ができないことも受け入れているのか、落ち着いているように見えたので、特にそこまで心配はしていませんでした。

修学旅行先で娘が寂しい思いをしなければいいと思っていたのですが、娘自身に聞くと、一人で寂しいなって思うことはあるけど、それよりも一人が好きだから、とはっきり言います。話を聞いていると、彼女は孤立しているわけではなく、一人を選んでいるんだな、ということが伝わってきました。だから、一人なのでは、と内心右往左往していたのは私だけ、というか、娘に自分を重ねて見ていた、私の中の「あの頃」の私でした。周りの人はあなたのことをどう見てるの？とも聞いてみましたが、周りの人が何を考えてるかはわからない、と至極当たり前のことを娘から言われ、そこでもまた肩の力が抜けていくようでした。

さらに娘はこんなことも言います。学校で誰かと喋れなくても、家に帰ったらお母さんが話を聞いてくれるから、それで十分かも、と。

私はいつか、お母さんに自分の気持ちを話すのはやめよう、と思った瞬間がありました。この人に言っても無駄だ、伝わらない、わかってくれない、と強く感じたことだけは覚えていて、今もその気持ちはあまり変わっていません。母になんでも話すことができれば、もっと楽に生きることができたのだろうか、自分の土台のようなものは随分と柔らかく不安定で、それが頑丈なものになったのでは、と考えないこともない。私の抱えているものは自分にとっては結構やっかいで、なかなか苦しいなあと思う日も多いです。それでも、少し前まで持っていた、母を恨むような気持ちの量は、今は随分少なくなりました。

もっと話を聞いてくれる母なら、理解してくれる母なら、私が好きになれる母だったら。

もしそれが全部叶っていたとしたら、今の私はここにはいないということに気がついたんです。苦しかったけれど、あの過去と今の私は紛れもなく繋がっていて同じ私。繋がっているからこそ、その線上に、今までの経験すべてが積み重なっていて、その先に今の私がいる。そして周りには娘がいる。滝口さんもいる。こうして出会えたすべての人がいる。

自分で自分を認められなくても、ときどきふいに周りからの、今回は娘からのこうした言葉で、自分の土台が少し固まるようなタイミングがあります。そのたびに、これでよかったんだ、と思えるようになりました。

前回の滝口さんの野球の話から、私の過去、そして娘の言葉に繋がりましたが、その旨を書くことも、先日娘に確認をとりました。これまで、自分の日記に出てくる人たち、とくに言葉を発する人たちに関しては、原稿を書いた時点で、必ず確認をとっていました。私が原稿に誰かのことを書くことは、相手の存在を自分の人生の中で肯定することだと思っています。私はあなたのことをこう見ていますよ、感じていますよ、という一方的なことだけれど、書いて残したい。ここは消してほしいとか、書き直してほしいと言われてもそれはそれで構いません。そういうことも一緒にできる相手だと思うから、一種の責任を取ろうと思うのです。

ただ、確認を取っていない人が数人います。その最たるものがお母さんであり、次に子どもたちでした。家族に対しては治外法権をとっていた私ですが、それも最近、ふいに思い直しました。娘たちが大きくなり、一人の人間として尊重しなければならないと自覚したのもありますが、伝えたいと思ったのです。パートナーとの関係を解消したときの話は前回書きましたが、私は娘たちがいるからバランスをなんとか保っている部分もあります。私がこうして立っていられるのはあなたたちのおかげでもあって、それがいつか伝われば、と思いました。

さて、もう一人確認の取れない人がいます。前回の手紙で、あれだけいろいろと書いたパートナーです。もうパートナーとは呼べないかもしれない関係だけれど、やっぱり私はパートナーと書いてしまう。別れたと書いても間違いないのかもしれないけれど、解消したと書いてしまうし、最後に届いたのはメールだったけれど、手紙と書いてしまう。

言葉は力を持っているから、そう簡単には扱えません。彼でも、イニシャルでも、あだ名でもいいけれど、彼にまつわる事柄は、前以上に丁寧に表現しようとする自分がいます。もう半年は会っていないけれど、私の中の彼の存在は消えていない。それどころか、ますます大きくなっている気がします。

関係を解消してから、自分がどんなふうになってしまうのかが不安でした。群れからはぐれたり、ひとりになることを何より恐れていた私です。今は日記という形で日々のことを書いているのですが、どうしたって彼の存在が出てくる。何を考えても、彼に繋がってしまう。それはもはや、ひとりとは言えないのではないかとさえ思えてきたほどです。一人になったけれど、一人ではない。相手の存在抜きに私の今の日々を書くことはできなくて、一緒にはいないけれど、そこにいる。そんなふうに誰かの存在を感じるのは、自分にとっては初めてのことでした。

そしてあるとき、強く実感したことがあるんです。パートナーシップを解消してからは、気持ちに波があり、それこそ寂しさに耐えられなくなる瞬間も多かった。その日もふいに、自分が今、一人でいることの途方もなさ、心細さに耐えられなくなりました。内心、ものすごい不安感に襲われているのですが、それを悟られないように、子どもたちには「買い物に出てくる」と言って、いつものように家を出ました。自転車に乗って一人、ぶらぶらとあてもなく自転車を漕ぎ始めました。一年前の往復書簡でもそんな瞬間のことを書いていたと思います。そのときも、滝口さんの家に行くかどうかを迷っていましたね。

今回は近所に住む何人かの友人が脳裏に浮かび、実際ひとりの人の家の玄関をノックしました。外から見る限り部屋の中は暗く、友人は不在のようでした。その事実がさらに自分を追い詰め、やっぱり自分は一人なんだ、と責めるような言葉が聞こえてきます。寂しくて、心細くて、立っている場所から神田川を覗き込み、川面に映る月の光を見ていました。すると、急にいつもとは違う感覚が、天啓のようにおりてきたのでした。「こんなふうに考えられるのも、今ひとりでいるからなんだ」

そのとき、友達が家にいて、部屋に入れてくれて、話を聞いてくれた世界線を考えていました。それはそれで寂しさは少しだけ紛れて、楽になるかもしれない。でも、今のこの時間はきっとなかった。この月を見上げることも、流れていく雲に気づくことも、彼は今どうしているのかな、と考えることも、きっとなかった。そのとき初めて、ひとりじゃないとわからないことがたくさんある、と気づかされるような思いがしたのでした。

急に腑に落ちたというか、初めて、ひとりでいることの寂しさが反転して、喜びみたいなものに変わったように感じました。思わず滝口さんにもメッセージを送ったことを覚えています。「ひとりは、わるいものじゃないですね」と。すぐに返信がありましたが、なんと送ってくれたか覚えていますか？　こんなの、当たり前のことだと感じている人は多いのかもしれませんね。でも一人でいたことのない、少なくとも、一人でいることを怖いと思っていた私にはわからなかったんです。

パートナーシップを解消しなければ、彼がいなくならなければ、気づけなかったこと、わからなかったことがたくさんあるんだって、今は思えるようになりました。一緒にいなければだめなんだ、一人は無理なんだ、と思っていた私でしたが、もしかしたら自分自身と向き合うのが嫌で、常に誰かの存在を必要としていたのかもしれません。こうして文章を書くことも自分と向き合うことの一つだったとは思うのですが、これからはもっと意識的にやってみようと思いました。

最近は、誰にも読まれない日記を書き始めたんです。自分しか読まないので、なんでも書くことができます。逆に書かないことだってできます。自分だけの日記で書いていることは、その日の自分が嬉しかったことの確認です。どんなささいなことでも、心が明るく動いたことを書くようにしていて、そうやって自分が心地いい瞬間を認識していく訓練をしようと思ったんです。

カウンセリングにもまた通い始めました。これまではパートナーに関することをずっと話していましたが、彼の存在が（あるけれど）なくなり、自分の周りには余白ができました。その余白に気づいたとき、今度はひとりで、自分についてとことん考えるタイミングだと思えたのです。パートナーがいたときは、彼を通して反射して見える自分の姿を見ていたような感じでしたが、今度は、自分が自分の横に立ち、対話をしながら、一緒に歩いていくイメージです。

これから先、苦しみや悲しみ、寂しさの波がまた来ると思います。そのたびに、今日書いたこの文章を読み返したらいいのかもしれませんね。なかなか言葉にできなかったものを書き始めたら、ずいぶん時間がかかってしまいました。私は今、ひとりで立っています。

2023年10月3日

一子さんへ
生活

十一月に入ったというのに今週前半は気温が高く、日中は半袖でもいい暑さでした。けれども夏のような暑さでも日の長さは変わることなく、もう五時をまわる頃にはすっかり暗いですね。秋も冬も嫌いではないですが、日は短いより長い方が好きで、一年でいちばん日の短いいま時期は夕方になると、ああもう暗くなってきちゃった、と少し気が沈むような、冬眠したくなるような気持ちになります。冬至を迎えると、これから少しずつ日が長くなると思って嬉しくなります。夜より昼の方が、暗いより明るい方が好きなのだと思います。

最初の往復書簡の頃にはまだ歩くことがままならなかった娘は二歳九か月になって、腕を振り、足を回転させて公園を駆けまわっています。娘の保育園の降園時間は午後六時で、いまは園の玄関を出ると外はもう真っ暗なのですが、季節に関係なく娘は保育園の帰りには公園に寄り、同じ時間に同じ方面に帰る友達たちと小一時間ほど遊んでから帰宅します。夏場は七時を過ぎてもまだ明るいですが、いまの時期は六時過ぎの公園は真っ暗であまりひともいません。そんな公園で、彼ら（と僕を含めた保護者）は毎日遊びを繰り広げ、それはたとえば網の遊具を登ったり、揺らしたり、滑り台を順番に滑ったり、かくれんぼをしたり、岩やベンチを使ってお店屋さんごっこをしたりといろいろです。この日課は娘が歩き出した頃からだから、一歳半くらいか、だとすればもう一年以上ほぼ毎日続けられています。

　抱えきれない楽しさと嬉しさを大声でなにか叫ぶことで発散するように娘は走り、足がもつれたり、なにかにつまずいて派手に転びます。楽しさから一転絶望的な事態に陥って、泣くこともありますが、ぐっとこらえることもある。大人からすれば、たかだか転んだだけのことですが（とはいえそうそう転ばない大人がたまに転ぶとそれはそれで結構なショックがありますが）、大人と違って楽しさが不意に途切れることを少しも想像していなさそうな子どもにとって、そんな瞬間はいったいどれだけ恐ろしく悲しいものなのか、なかなか想像が及びません。

ともかく自分の意思で動きたい方へ動きたい動き方で動き、そして突然に襲われる痛みや挫折や屈辱のようなものを必死で受け止め、一生懸命に処理しようとしている娘の姿を僕は毎日見ています。

以前のように、これまでできなかったことができるようになる瞬間の驚きや感動は少し遠いものとなり、いまは娘がどんどんいろんなことをできるようになることにももうだいぶ慣れてしまいました。驚くことが自然になりつつある感じですが、それでもこうして言葉にしてみると、娘が存在していることでそこに発生する活力や、娘の健気さに胸を打たれます。それと同時に思うのは、たとえば五年とか十年、あるいはもっと長い時間が娘の先行きにはあるということ、そしてその想像のつかなさです。十年もすれば、いまの一子さんの娘さんたちと同じ年頃になるわけですが（そして自分は五十歳になる）、そこにどんなひとが存在して、そのひとを自分はどう見ているのか。そこにどんな場面や感情があるのか全然わからず、その時間に娘が、そしてできれば自分も、いられたらいいなと願うように思うだけです。

毎日そうやって娘は夜の公園でほぼ同い年の友達と遊んでいるのですが、それぞれの意思や主張がはっきりしはじめた頃からは、毎日のようにもめ事も起こるようになりました。最初の頃は、言葉のやりとりもまだまだ未熟で、ぶつかったり、横入りしたり、取り合いになったりした局面で、一方が一方を押したり、叩いたり、つねったり、というもめ方でしたが、だんだんと手よりも言葉を使って言い合いをするようになり、「いやだ」とか「やめて」と怒ったり、言い返したり、言い返せず泣き出したり、最後には謝ったり。

その変化じたいはたしかに子どもたちの成長であり、感心しながらその過程を観察したり、適当に仲裁に入ったりしていたのですが、最近になってまた一段階彼らのコミュニケーションの有り様が複雑になってきました。言葉を介した意思の直接的な伝達にとどまらず、そこに「いいこと」「悪いこと」という分別や、その分別を前提にどう振る舞うかという彼らなりの考えが挟まるようになってきたように見受けられるのです。

たとえば、Aちゃんの手がBちゃんの体にあたってしまい、Bちゃんが痛がる。そんなとき、これまではBちゃんが泣き出してしまったり、Aちゃんに向かって「痛い」とか「いやだ」と訴えたりするのでしたが、最近だとBちゃんがAちゃん本人ではなくまわりの別の子や大人に向けて「Aちゃんがぶつかってきた」とか「Aちゃんに押されていやだった」と訴えるような振る舞いが見られるようになってきました。あるいは、そのトラブルにおいては第三者であったCちゃんが横から「Aちゃんのせいで Bちゃんが転んじゃった、Aちゃんがいけないんだよ」と口を挟む。あるいはCちゃんは「あーあ、Bちゃんかわいそう」とBちゃんに同情を示すことで間接的にAちゃんを咎めたり、というふうにある事態において自分がどういう立場に立とうか計算して立ち回るような様子が、毎回ではないけれど、ときどき見受けられるようになってきました。

自分たちの言動をその当事者間だけでなく、集団のなかで問うようになったということなのだと思います。ここに至って僕はこの変化を娘たちの成長として素直によろこんでいいものかどうか、悩ましく思うようにもなりました。少し前まではシンプルにどつきあいをしていたようなもので、それじゃあよくないというので意思を表明したり謝ったりすることを教えられたり覚えたりして、それがだんだんできるようになってきたぞと思っていたら、今度は一気に大人びた世間のような空気が彼らのまわりに生まれ、社会正義みたいな力学が発生してきた感じなのです。

もっと幼い頃から保育園のなかには子どもたちなりの社会がちゃんとあって、集団生活に慣れたり、友達を気遣ったり慮《おもんぱか》ったりしていたりもして、そういう様子を感心して見たり聞いたりしてきましたが、ここにきて、彼らの社会はぐっと大人の社会に似てきました。そして当然といえば当然ですが、そこには僕が好ましく思っていない日本社会のいろいろな部分も反映されているのでした。

個人対個人だけでなく、集団のなかでどう振る舞うかを学ぶこと、そこに規範のようなものを感じ取ることは悪いことではない、必要なことだと思いますが、集団のなかで間違ったことをしてしまった者を、その言動の是非というよりも集団内の規範から外れたことを以てみんなで取り囲んで非難する気質のようなもの。日本のいろいろなところに相似的に表れるムラ社会的な、家父長制的な、軍隊的な同調圧力。自分もそういう世間のなかで育ってきたから、そういう気質を内面化している部分も大いにありつつ、そういう集団のあり方にずっと抵抗を感じてもきました。あとから思いあたったのですが、前回の手紙に書いた少年野球を辞めた理由には、そういう同調圧力の高い体育会系の集団への反抗もあったような気がします。子どもが生まれてからは、あらためて社会のなかのそういう部分が目につくようになりました。子どもを取り巻く環境のなかにもその気配はそこここに潜んでいて、そういうものを子どもたちに継承させたくないと思います。

政治家とか問題を起こした企業や著名人の会見やコメントなど見てよく思うのは、日本で育ったひとは謝ることがとても苦手なのではないかということです。謝ることのいちばんの意味とか目的、というか前提は、自分の非を認めること、そしてその間違いについての責任を負う意思を示すことだと思うのですが、この国で行われる謝罪は、自分の非や責任をできるだけ回避しようとしたり、軽減しようとするものであることがとても多いと感じます。

自戒も込めてどうしてそうなってしまうのかをずっと考えているのですが、そこにはたぶん世間とか義憤が深くかかわっていて、謝罪するひとは本来自分の間違いによって被害や影響を与えたひとに向けて謝罪するべきなのに、むしろ第三者的な世間から強く非を咎められ、責められることを恐れて、しばしば本来謝るべき先とは違う方に向かって謝ってしまうのではないか。でもこれはやはり変で、直接関係のないひとたちに向かって許しを乞うているようなものです。でも、過ちを許す主体は、その過ちの被害や影響を受けたひとなのであって、世間は許す主体にはならないはずなのです。

あいだに世間が嚙むことで、謝ることと許すことが不条理な繋がり方をしてしまい、そのうえで当事者を脇に措いた奇妙な謝罪が繰り返されているのではないか。

僕は会社員だった頃、食品販売の仕事をしていたのですが、お客さんのクレームや注文トラブルなどの対応を任されることが多く、日々たくさんのお客さんに謝っていました。そのときにいろいろ失敗を重ねて気をつけるようになったのは、「誰が誰になにについて謝っているのか」を曖昧にしない、ということです。当たり前のようですがやってみるとこれは結構難しく、特に対面ではないメールとか電話の対応においては、気をつけないと簡単に主客や目的が曖昧になり、謝っている方はそんなつもりはなくても、謝られている方からすると「こいつ本当に謝る気があるのか？」みたいな印象になったりする。これは敬語や婉曲表現が多用される日本語の性質も大いに関係していると思いますが、謝ることと責められないようにすることが混ざり合った謝罪が定型化しているためでもあるのではないかと思います。ともかく経験上、謝罪が曖昧さを帯びると問題は解決せず、たいてい余計にこじれて泥沼になる。謝ることについてそんな経験値を得られたのは、短い会社員時代の数少ない貴重な経験でした（そしてそれでもなお、夫婦間とか友人とか、個人的な関係上で謝ることはやっぱり難しいと感じることが多いのですが）。

先の公園の子どもたちのシチュエーションに戻れば、手をぶつけて周囲から責められることになってしまったAちゃんは過失があったことを自覚はしつつも、故意でなかったこともあってすぐに謝ることができず、けれどもただ感情的に反論しては分が悪いこともなんとなく感じ取っていて、結果どうすればいいかわからず泣き出してしまったりして、はたから見ていて、そりゃ泣きたくなるわ、とかわいそうになります。Aちゃんは、気持ちを整理してから、わざとではなかったにしろ自分の手がぶつかってしまったBちゃんに直接「ごめんね」と言えばいいはずなのに、気づいたときにはなんだかその場にいるみんなに「ごめんなさい」を言わないといけないみたいな雰囲気になっていて、「ごめんね」を口にすることがとても難しくなってしまう。

まだ二歳三歳の子たちのあいだのことですが、これが五、六歳、小学校中学校になれば、同じような構図でより込み入った事態が起こったりするわけで、でももう少し大らかに、誰かが我慢したり泣きを見たりすることなく、みんなで解決に向かう道筋もあるような気がして、いまの大人たちはその道筋を辿ることがなかなかうまくできないけれど、大丈夫、もう少し簡単に、あなたの気持ちを表せばそれでだいたい解決するような、そういう道筋がきっとあるから、ということをAちゃんに伝えたい。

去年は手紙をやりとりしている途中でロシアのウクライナ侵攻があり、この追加の往復書簡のやりとりのあいだには、パレスチナをめぐるハマスとイスラエルの戦闘がまた始まりました。ほかにも紛争や戦争はずっと続いています。

今年もまだいまのところ日本は表立って戦争に参加せずにすんでいます。けれどもむかしから続く、自分のなかにもたしかにある日本社会のだめなところ、先の謝ることの難しさの根にある、責任を引き受けず、あわよくば逃れようとするところは、つくづく戦争中の日本軍、そして戦後の日本が向き合わずにきたことがいまに続いているように思え、この国のある部分は戦中から変わっていないように思えたりします。その意識は、『水平線』という小説ではじめて作中で戦争のことを直接扱ったことでいっそう強くなりました。そういう社会のなかで生活している。

その影は色濃く生活のすぐそばにあって、だからこそ子どもたちがつくりつつある小さな社会にその影が認められることに、絶望的な気持ちになったりもします。先の例でいえば、娘が謝罪を求められる側にいることもあるし、誰かに謝罪を求める側に立っていることもあるのですが、親とすればどちらかというと後者の場合により強く抵抗を感じます。頼むからそんなことを言わないでくれ、という気持ちになる。

じゃあどうすればいいのか。すぐに日本の、大人の社会が劇的に変わるわけでもありません。だんだんと変えていくしかない種類のことがらを、どんどん日々成長していく子どもにどう伝えればよいのか。途方にくれますが、ともかく思ったことをあまり子どもサイズにせず、言うようにしています。誰かがなんか間違っちゃったときにはさ、そのことを強く言わないで、責めたりしないで、言うことがあるなら優しく丁寧に言ったほうがいいと思うよ。自分が間違えてしまうことだってあるんだし。そういうときに誰かに強くなんか言われたら悲しいでしょ。そんなことを、娘の余裕がありそうなタイミングを見計らって話すと、娘は、わかった、というように頷いていました。二歳児が、わかった、というように頷いたからといって、少しあとにはすっかり忘れていたり、忘れてはいないものの理解した通りに行動できるわけではもちろんなく、劇的な変化を期待するのではなく、繰り返し伝えて様子を見ようというような見通しででした。そういう伝え方をすることが娘にとって過剰な抑圧にならないかどうかも心配でした。自分がなにかされたときに我慢をする必要はないよ。いやだったり痛かったりしたら、そう言っていいけど、そういうときになんにしろゆっくり静かに言ってみてごらん、うるさい怖い声で言わないでさ、ということも娘に話してみました。誰かの非を咎めるときに、世間や正義を後ろ盾に不要に強く責めるのではなく、一対一で伝えようとしてみてほしいという気持ちでしたが、そうは言いつつ、自分が娘にしているのはいわゆるトーンポリシングみたいなことなのではないかとか、弱い立場の者に連帯したり寄り添ったりすることを阻害していないか、とも心配になります。

その後も相変わらず日々公園での遊びは続き、もめ事も起こり、それまでと特段変わるところはなかったのですが、一昨日の夜、ちょっと驚いたことがありました。

それは公園ではなく自宅でお風呂に入っていたときのことです。先に娘の頭や体を洗って、浴槽に入れて遊ばせつつ僕が髪を洗っていたのですが、そのときに頭を流すシャワーが娘の顔にかかってしまいました。これまでもたびたび同じことがあり、そのたびに娘は、「顔にかかったよ」と言い、「ごめんねして」と僕に謝罪を求めてきたので、そのときも娘に「ごめんね、気をつけるね」とすぐに謝りました。すると娘は「わざとじゃないからごめんねはいいんだよ」と言うのでした。

僕はこの何日か娘に伝えていたことが、たぶんちゃんと伝わっていたのだとわかって、風呂場で感動して、わざとじゃないってわかったんだね、そう言ってくれてありがとうね、と少し大げさだったくらいに娘に感謝を伝えました。

謝ったら許してくれた。ただそれだけのことですが、僕にとってはなんだかとても希望が持てる出来事でした。それは娘への教育に違いないですが、それ以上に、娘がこの先生きる社会に対して、自分も小さな、けれども確かな働きかけができる、できた、という感触があったからなのだと思います。

最初の往復書簡のときの最後の手紙にも書きましたが、娘を保育園に預けている日中に、ひとりでいることにふと気づく瞬間があります。そばにいるときはあんなにも強く、こちらの意識のすべてを占領するように存在しているひとが、いないということ。その不在に驚きをもって気づくとき、けれどもそれは、不在であることを通してその存在を知るようなことだと思います。

娘が生まれる前は、妻に対しても同じように思うことがありました。長年連れ添うと相手の存在も娘ほど強く意識するものではなくなってきて、昼間家でひとりで仕事をしているときに、仕事場で忙しくしている妻のことを思ったり、ごくたまに泊まりの出張なんかで妻がひと晩家を空けたときなどに、いないのか、と思う。その感覚は、娘の不在とは少し違い、自分がひとりだったことを思い出すような感じかもしれません。

あるいは僕の父は三年前になくなりましたが、父のことも、もういないのか、と思うことがあります。そういう気づきは、ふだんは「私たち」とか「自分たち」みたいに、まるで自分は複数形の一人称の一部であるかのように思えているけれど、そうではなくて実際はどんなに近くにいても切り離し可能なひとりひとりであることを思い出しているようです。パートナーであれ、親子であれ、「家族」の対義としての「他人」という意味ではなく、そもそも別の体と心をもつ他人であるということ。当たり前のことなのだけれど、当たり前のことを何度も忘れては気づき直すのが生活だし、その気づきじたいは当たり前であっても、ではそれをどう捉え、その気づきのあとどうやって生活を続けていくのか、それはきっとひとりひとり違うアイデアがあり、同じひとのうちでもそのアイデアは移り変わっていくものだと思います。

前回のお手紙にあった一子さんからのメッセージ、覚えています。「ひとりは、わるいものじゃないですね」というメッセージに僕は「そう思います」みたいに返したんだったと思います。文字通りの意味ですが、生活というのはそのやりとりを繰り返したどり直すことのようにも思います。

ひとりになることで、はじめて気づける他人の存在があって、ひとりでいるときほど結局誰かのことを思ってしまう。誰かのことを思うことで、ひとりでいられる。本を読んだり、文章を書いたりすることは、ひとりでしかできないことです。僕がこうして文章を書けること、ましてそれを仕事にできていることは、ひとりでいられるからなんだな、と思いました。

やっぱり最後まで、お互いに好き勝手に書いては送りつけるような往復書簡でしたね。でも一子さんがそういう書き方を許してくれたので僕はこんなに何通も、一子さんに向けた誰の目に触れるとも知れない手紙を書けたのだと思います。

先週末は三連休で、友人を訪ねて家族で八戸に行ってきました。そのお土産をおととい一子さんの家に届けたところですが、今日からは一子さんが単身遠野に出かけるとのことでしたね。これを書いているいま、一子さんはひとり新幹線の車中でしょうか。気をつけて行ってらっしゃい。

2023年11月10日

それぞれなんとかやっていて

武田砂鉄

かつてとても距離の近かった人が、最近、精神的にだいぶしんどくなっていると聞いた。大変な出来事が三つくらい重なったらしい。その三つというのも、聞き出した人が勝手にそう整理しちゃっただけかもしれない。

最後に会ったときのことを思い出し、映像を再生するように頭に思い浮かべる。いや、とてもそのようには見えなかったけどね、と伝えると、いやだから、今はもうそういう感じじゃないんだよ、と返される。会って話したいとお願いしたが、会って話ができる状態ではないという。

そんなに悪いのか、あのときの感じじゃないのか、と整理する。整理するときに、頭に流れている映像を、頭の中で加工する。しょんぼりさせてみる。無気力にさせてみる。その作業を完了させて、一体自分は何をやっているのだろうと思う。

コロナのせいで、というわけではなく、大人になると、けっこう平気で、人と長期間会わなくなる。えっ、あれはもう三年前ですか、と驚いてから始まる場面が頻繁にある。自分で撮った写真や撮られた写真を見返すことは滅多にないのだが、うっかり見てしまうと、三年前なら三年前で、「いかにも三年前」って感じがする。顔はもともと老けているし、着ているものも変わらないのに、そこに一緒にいる人も含めて、あきらかに今ではないとわかる。

あれは不思議だ。時間は「今、時間、経過してるよね！」と自己主張せずに進んでいくものだから、いつも人を驚かせる。

今年四十歳になるのだが（滝口さんは自分と同い年。植本さんは人から聞かれると「二十五歳です！」などと元気な声で言ってみるヤツをやっていたが今はどうなのだろう）、同じように今年四十歳になる人と、「昔」という概念がけっこうしっかりしてきませんか最近、という曖昧な話をした。「しっかりしてきませんかという曖昧な話」をかいつまんで説明すると、思い出す先が、遡っていく、というよりも、遠くに置かれている状態で鎮座しているというか、鍵穴に鍵を突っ込んで箱を開けるような感覚になりましたよね、という話だ。記憶を遡る、ではなく、記憶をわざわざ開けにいく感覚。

喪失が怖い。とにかくもう、それだけが怖い。今いる人がいなくなってしまうのが怖い。親は自分より先にいなくなるだろう。いついなくなるかはわからないが、八十歳が近いという年齢だから、まだまだものすごく先、というわけではない。妻はどうだろう、友人はどうだろう。まだまだものすごく一緒にいられると思っているけれど、これもまたわからない。コロナ禍になって、もっとも頭に残っている映像は、布マスクを配りますとか言っていた人たちではなくて、志村けんが死んだことを速報で知らせるワイドショーの映像。ちょうどそこには、志村けんを慕っていた女性の芸人がいて、一報を受け、顔を石のように硬直させていた。しばらくしてから、顔を歪ませて泣き始めた。大切な人を失ってしまった人の顔はよく見るけれど、それを知らされた瞬間の顔はあまり見ない。表情が失われていく瞬間を見てしまった。あれが頭から消えない。あんな瞬間をこれから何度も繰り返すのかと思うと、なかなかしんどい。

ああ、どこかでみんな、なんとかやっていてほしいなあ、と思う。それだけで十分だし、なんとかならなくなったら、時間をかけていいから、なんとかなってほしいなあと思う。無責任だけど、それなりに真摯な思いではあって、この、なんとかやっている、という状態しか、世の中を保つ方法はない。なんとかやっていて欲しいのだけれど、それこそ、冒頭に書いたように、なかなかそうもいかなくなったと聞いても、すぐには動けない。真摯な思いだけど、やっぱり無責任なのだ。

植本さんとは仲がいい。よく会う。誰かに会うという理由で最寄駅にやってきたときに「来たけど、どう?」みたいな連絡がくる。「どう、じゃねぇよ」と思いながら、「ほい」と返したり、「あー、無理」と返したりする。もうそれなりに長い付き合いだ。植本さんの日記を読むと、忘れた頃に武田砂鉄と妻の「あやちゃん」が出てくる。石田さんが亡くなったすぐ後に我が家にやってきて、植本さんの娘二人がマリオカートのソフトが欲しいというから、すぐに買って、次に家にやってきたときにあげたら、とても喜んでいた。コロナに入る前だったか、家にやってきたときには、マリオカートがそんなに優先すべきソフトではなくなっていた。気をつかったのか、自分のためにマリオカートをやる流れを作ってくれた。二人とも、とってもいいやつ。感情をあんまり隠さないのがいい。

滝口さんとはこれまで二回くらいしか話したことがない。あ、あそこにいるな、という場面はもう二回くらいあったかもしれない。滝口さんのパートナーは昔から知っているし、今度、デザイナーをしているその人に本の装幀をお願いすることになっているので、数週間前、編集者と一緒に事務所にお邪魔した。以前に会ったのは、お腹がとても大きくなっているときだった。会った日の夜、とても大きな仕事が決まったらしく、その日を振り返りながら、「武田さんは福を呼ぶんですよ！」とテキトーなことを言っていて、隣にいた編集者も「へー、そうなんですか！」とテキトーな反応をしていた。

生まれたり、いなくなったり、そのままだったり、どうもうまくいかなかったり、めずらしくうまくいったり、人それぞれなんとかやっている。誰だって、自分の近くにいる人は限られる。全員を近くに寄せることなんてできない。だから、近くにいる人は、特になんとかやっていてほしいなと思う。植本さんはすぐに会うはず。滝口さんはそんなに会わないはず。でも、それぞれなんとかやっていてほしい。こちらもなんとかやる。それしかないし、これからずっと、それの繰り返しだ。

解説　滝口さんと植本さんの手紙のこと

O JUN

滝口悠生と植本一子の手紙。二〇二一年十一月から翌年の四月、その後あらたに二〇二三年七月から十一月までの、三年間に交わされた往復書簡である。この二人の往復書簡に絵描きの私がその解説を書くことになったのは、それぞれと別なきっかけで知り合う縁をもったからだ。

滝口さんには、二〇一七年に開かれた市立伊丹ミュージアム（旧伊丹市立美術館）での彫刻家・棚田《たなだ》康司《こうじ》さんとの二人展のカタログに、テキストを書いていただいた。ロック好きの棚田さんが『ジミ・ヘンドリクス・エクスペリエンス』を読んでいて、書いてもらうならこの小説家がよいですとすすめられた。当時私が勤めていた大学の研究室が取手市にあり、そこで棚田さんと展覧会のための制作合宿のようなことをしていた。研究室に滝口さんをお呼びして私たちの制作現場を見て書いていただいた。

彫刻家の一鑿《ひとのみ》、画家の一筆、二人の身の運びをスリリングに伝える見事なテキストだった。

植本さんとは私の二〇一九年の個展のときの対談で初めてお会いした。植本さんの夫であった石田義則さん（ＥＣＤ）のエッセイ（『他人の始まり 因果の終わり』）のなかで、彼のお母さんが夫に愛想を尽かして家出をして独りモーテルを泊まり歩きながら書いていた日記のくだりを読んで、それが絵のヒントになった。植本さんが写真家であり、日記を書いて本になっていることもそのときに知った。滝口さんと植本さんの二人がお互いをよく知っていることも後に知る。

実はこの書簡集の元になった本がある。二〇二二年に二人が交わしていた往復書簡を自費出版しているのだ。その本の装画を私は植本さんから頼まれた。ちょうどその頃滝口さんの長編『長い一日』が出て私は植本さんに、これは傑作ではないですかねなどとメールしていた。

私は、絵ではなく工作を作ることにした。厚紙に灰色のクレヨンで窓のところを塗り残して、折り曲げてビルのような立体を二つ作った。一つは滝口さん仕様。もう一つは植本さん仕様。事前に渡された原稿を読んでそれぞれの文章の中に出てくる色を拾いあげ、窓の中を塗ってみようと考えた。窓一面のそれこそ色々を構想した。二人の手紙には家のことや家族、街の様子など身辺日常について実に仔細に書かれている。

私はつぎつぎと色を思い浮かべるのだが文章には色彩についての記述がほとんどないのである。数えてみたら十色にも満たないのだ。後でこのことを二人に話したら、滝口さんは、〝～色〟と指し示すとソレと限定してしまうし、人によって見える色も違うでしょうと言われた。私は納得した。

とはいえ、少し紹介しておく。滝口さんの手紙。

ちらつく雪の朝、きょうは家事について書こうとしていて途中から植本さんの手紙を受けて「一子さんのさびしさ」と「ぼくのかなしみ」に語り継がれ、自身が小説を書く動源に言及し、そこに散歩の途中、不意に生まれて間もない娘の顔が思い出されるという一年前の体験が思い出され……夜になって……庭や学校の畑が白く……の〝白〟。

もう一色。自分の子どもの立ち歩きの様子から、人の性差について、個人としてのわが子、その子を寝かしつける彼の描写が続く。その流れから、ウクライナの首都キーウに住む知人女性ライターがSNSにあげたメッセージを引用している。爆撃のあった朝、それでも眠る娘を起こさぬように……その寝顔が磁気人形のようにピンクで……と。狭い限定を退け、語られた様々な時間や場所、人、出来事が私たちの記憶にとどまるように文の終わりで色たちは発色している。

一方、植本さんの手紙には、……雪平鍋の中の煮物の茶色、ストーブの赤い火、そうそう、その調子と思っていたらいきなり「青色申告会」……と来て、さらに、「一人で新宿ゴールデン街へ」だ。青と金、そう来るか?……やるなあ植本さん。しかし別の手紙では、世間の通念に煩《わずら》い深まる厭世感の中に子どもたちの将来を思うほど、「その裏側にある黒いものがどんどん見えてきます」と、一気に暗転する。

二人の手紙は、育児、家族、妻、パートナー、友人知人、仕事、病気、社会、制度、戦争を巡りパッケージされることなく、いいこともよくないことも地続きに語られてゆく。細い尾根を渡り、時に思考の谷をどこまでも降りてゆこうとする。踏み固められた地層をめくるように差し入れられる問いへの指先は自らにも向けられる。それぞれ日々の出来事を横断しながら何かを見、触れ、思い、考える。そして書き終えたところで手紙は相手に届けられる。

解説を書くことになって私は二人の手紙を読み返した。三年前に書かれていたことは現在その軌道を変えている。世界の動きや変化と同様に自分たちの子どもや人間関係も〝当時〟のままではなくなっている。記述したものはただちに過去のこととなる。二人の手紙を読むことで、〝あのときの現在〟が過去として思い出される。そして、二人の手紙から目を上げると、現在から未来は見えないのだとつくづく思う。

滝口さんは自分の娘をとても間近で見て書いている。読んでいる私にも娘さんの様子がまざまざと見える。私の目の前で滝口さんの子の一挙手一頭足が動いている。この距離は育児という親子の距離だ。同時に小説家の目を感じる。写メでしか見たことのない滝口さんの娘さんの刻々の動きが見えてくる。動態描写とともに速度も書き出している。

そして、この三年間に娘さんは日に日に成長している。立ち、歩き、言葉を話し、保育園で友達ができ、父との会話のなかで子から伝えられた言葉のなかにもう一つの距離を見る。自分から誰かに何処かに延ばしている距離は一つではないのだ。その距離の中の事物や人にもそれぞれの距離があって映り込んでいる。滝口さんの手紙や小説のなかでは幾筋もの距離が延びていて、その決してリニアではない距離を辿る先に人や事物、風景が私に届いて見えてくるのだ。

二〇二三年七月三〇日の手紙で、植本さんはパートナーの彼と関係を解消したことに触れて書いている。長い手紙だ。二人がそうなる前に私は彼と会っている。最初の書簡集を出したときのデザインを彼がしてくれたのだ。私のビルの工作を、扱いに困ったと思うのだが素敵な装丁で本にしてくれた。本の打ち上げをしようとしたが皆の都合が合わずそれきりになってしまった。

ところで植本さんは写真家で私は彼女の個展を何度か見ている。娘さんたちや石田さん、友人たち、パートナーであった彼が写っている。私は、植本さんの写真の光が好きだ。光がつくる翳《かげ》りもいい。明るいところも暗いところもさわれそうな写真だ。さわり心地はうまく言えないが、そんなに滑らかではない。粒だっている。

そんな植本さんの写真を見るときに思うことがある。なぜそこに植本さんが写っていないのだろう。植本さんが撮っている写真だから本人が写っていないのは当たり前なのだが、写り込んでいてもオカシクないように思えるのだ。植本さんの日記には彼女の家族や友人が多く書かれている。たくさんの人たちが彼女のまわりにいる。彼女がまなざす先には人や物や景色がある。日記の中で家族や友人について、〝わたしは～〟、と書かなくても植本さんはいる。一緒に写り込んでいる。日記や手紙というきわめて私的なものだからなのか。

それが最後の手紙では、植本さんは自分のことをゆっくり書いてみると言って書き出す。自分のことを書くのは体力がいるとも書いている。わたしも絵を描いていて、目の前のものをできるだけ率直にていねいに描こうとすると時間がかかる。それは目の前のものが消えて見えなくなるまでに要する時間だからだ。それと引き換えにやっと何かが紙やカンバスに描かれる。だからなのかとても疲れる。

この手紙の中の植本さんは、それまでの手紙の中の植本さんと違う輪郭をしているように見える。私の見知らぬ植本さんが立っている。

手紙の最後の方で、誰にも読ませない日記を書いているとある。これは日記本来のカタチであると思うのだが、植本さんのこれまでの文章の方法からしたら大きな違いのように思う。
　しかし、それは幸福な状態なのではないかと思うのだ。誰の幸福かと言えば、言葉や文のだ。仮に内容が暗くても、怒りに満ちていようとも、書かれた文字はそのまま読み手を知らず書き手からも見放されて、ただ紙の上でじっとしている。書かれて、ずっと、そっとされている文。誰も読むことのない植本さんの日記に書かれている人や風景は想像できないが、書かれたことと書かれなかったことの幸福を願うばかりだ。
xccccccccccccccccccccccccccccccccccccc
cccc（飼い猫の仕業。これは終われということだな）。

２０２３年12月15日

二〇二一年十一月から二〇二二年四月にかけてのやりとりと、「それぞれなんとかやっていて」（武田砂鉄）は、『ひとりになること　花をおくるよ』（二〇二二年）が初出です。

二〇二三年のやりとりは、書きおろしです。

ホームシック　ECD＋植本一子

ラッパーのECDが、写真家・植本一子に出会い、家族になるまで。植本一子の出産前後の初エッセイも。二人の文庫版あとがきも収録。（窪美澄）

家族最初の日　植本一子

二〇一〇年二月から二〇一一年四月にかけての生活の記録（家計簿つき）。デビュー作『働けECD』を大幅に増補した完全版。

北京の台所、東京の台所　ウー・ウェン

料理研究家になるまでの半生、文化大革命などの出来事、北京の人々の暮らしの知恵、日中の料理について描く。北京家庭料理レシピ付。（木村衣有子）

増補 本屋になりたい　宇田智子／高野文子・絵

東京の超巨大新刊書店員から那覇の極小古書店主に。島の本を買い取り、売る日々の中で考えたこととは。文庫化に際し1章加筆。（小野正嗣）

遺言　石牟礼道子／志村ふくみ

未曾有の大災害の後、言葉を交わしあうことを強く望んだ作家と染織家。新しいよみがえりを祈って紡いだ次世代へのメッセージ。（志村洋子／志村昌司）

ねにもつタイプ　岸本佐知子

何となく気になることにこだわる、ねにもつ。思索、奇想、妄想はばたく脳内ワールドをリズミカルな名短文でつづる。第23回講談社エッセイ賞受賞。

なんらかの事情　岸本佐知子

エッセイ？　妄想？　それとも短篇小説？　……モヤッとするのに心地よい！　翻訳家・岸本佐知子の頭の中を覗くような可笑しな世界へようこそ！

ひみつのしつもん　岸本佐知子

『ねにもつタイプ』『なんらかの事情』に続くPR誌「ちくま」の名物連載「ネにもつタイプ」第3弾！　文庫化に際して単行本未収録回を大幅増補‼

問題があります　佐野洋子

中国で迎えた終戦の記憶から極貧の美大生時代、読まずにいられない本の話など。単行本未収録作品を追加した、愛と笑いのエッセイ集。（長嶋有）

ことばの食卓　武田百合子／野中ユリ・画

なにげない日常の光景やキャラメル、枇杷など、食べものに関する昔の記憶と思い出を感性豊かな文章で綴ったエッセイ集。（種村季弘）

遊覧日記　武田百合子／武田花・写真

行きたい所へ行きたい時に、つれづれに出かけてゆく。一人で。または二人で。あちらこちらを遊覧しながら綴ったエッセイ集。（巖谷國士）

マウンティング女子の世界　瀧波ユカリ／犬山紙子

「私の方が上ですけど？」ついついやってしまって結局後悔するマウンティング。愉悦と疲弊が交錯するこの営みを対談形式で徹底分析！（小島慶子）

たましいの場所　早川義夫

「恋をしていいのだ。今を歌っていくのだ」。心を揺るがす本質的な言葉。文庫用に最終章を追加。帯文＝宮藤官九郎　オマージュエッセイ＝七尾旅人

イリノイ遠景近景　藤本和子

イリノイのドーナツ屋で盗み聞き、ベルリンでゴミ捨て中のヴァルガス・リョサと遭遇……話を聞き、考える。名翻訳者の傑作エッセイ。（岸本佐知子）

自分の仕事をつくる　西村佳哲

仕事をすることは会社に勤めること、ではない。仕事を「自分の仕事」にできた人たちに学ぶ、働き方のデザインの仕方とは。（稲本喜則）

自分をいかして生きる　西村佳哲

「いい仕事」には、その人の存在まるごと入ってるんじゃないか。『自分の仕事をつくる』から6年、長い手紙のような思考の記録。（平川克美）

ひとの居場所をつくる　西村佳哲

これからの暮らしと仕事を、ただの我慢比べでなく、文化を生み出すものにするには？　人と人、人と社会、人と自然の、関係性のデザイン考。（寺尾紗穂）

増補　書店不屈宣言　田口久美子

長年、書店の現場に立ち続けてきた著者によるリアル書店レポート。困難な状況の中、現場で働く書店員は何を考え、どう働いているのか。大幅改訂版。

ブルースだってただの唄　藤本和子

アメリカで黒人女性はどのように差別と闘い、生きてきたか。名翻訳者が女性達のもとへ出かけ、耳をすまして聞く。新たに一篇を増補。（斎藤真理子）

ドライブイン探訪　橋本倫史

全国のドライブインに通い、店主が語る店や人生の話にじっくり耳を傾ける——手間と時間をかけた取材が結実した傑作ノンフィクション。（田中美穂）

真似のできない女たち　山崎まどか

彼女たちの真似はできない、しかし決して「他人」でもない。シンガー、作家、デザイナー、女優……唯一無二で炎のような女性たちの人生を追う。

翻訳教室　鴻巣友季子

「翻訳をする」とは一体どういう事だろう？　第一線の翻訳家とその母校の生徒達によるとっておきの超・入門書。スタートを切りたい全ての人へ。

紅一点論　斎藤美奈子

「男の中に女が一人」は、テレビやアニメで非常に見慣れた光景である。その「紅一点」の座を射止めたヒロイン像とは⁉　（姫野カオルコ）

増補　日本語が亡びるとき　水村美苗

明治以来豊かな近代文学を生み出してきた日本語が、いま、大きな岐路に立っている。我々にとって言語とは何なのか。第8回小林秀雄賞受賞作に大幅増補。

心の底をのぞいたら　なだいなだ

つかまえどころのない自分の心。知りたくてたまらない他人の心。謎に満ちた心の中を探検し、無意識の世界へ誘う心の名著。　（香山リカ）

娘の学校　なだいなだ

幼い四人の実の娘たちを相手に、世界を学校に見立て、文学や政治、哲学などを題材に展開するユニークで独創的な授業。　（ドミニク・チェン）

加害者は変われるか？　信田さよ子

家庭という密室で、DVや虐待は起きる。「普通の人」がなぜ？　加害者を正面から見つめ分析し、再発を防ぐ考察につなげた、初めての本。（牟田和恵）

泥酔懺悔　朝倉かすみ、中島たい子、瀧波ユカリ、平松洋子、室井滋、中野翠、西加奈子、山崎ナオコーラ、三浦しをん、大道珠貴、角田光代、藤野可織

泥酔せずともお酒を飲めば酔っ払う。お酒の席は飲める人には楽しく、下戸には不可解。お酒を介した様々な光景を女性の書き手が綴ったエッセイ集。

一本の茎の上に　茨木のり子

「人間の顔は一本の茎の上に咲き出た一瞬の花である」表題作をはじめ、敬愛する山之口貘等について綴った香気漂うエッセイ集。　（金裕鴻）

茨木のり子集　言の葉（全3冊）　茨木のり子

しなやかに凜と生きた詩人の歩みの跡を、詩とエッセイで編んだ自選作品集。単行本未収録の作品なども収め、魅力の全貌をコンパクトに纏める。

茨木のり子集　言の葉1　茨木のり子

一九五〇〜六〇年代。詩集『対話』『見えない配達夫』『鎮魂歌』、エッセイ「はたちが敗戦」「『櫂』小史」、ラジオドラマ、童話、民話、評伝など。

茨木のり子集　言の葉2　茨木のり子

一九七〇〜八〇年代。詩集『人名詩集』『自分の感受性くらい』『寸志』。エッセイ「最晩年」「山本安英の花」「祝婚歌」「井伏鱒二の詩」「美しい言葉とは」など。

茨木のり子集　言の葉3　茨木のり子

一九九〇年代〜。詩集『食卓に珈琲の匂い流れ』『倚りかからず』、未収録作品。エッセイ「女へのまなざし」「尹東柱について」「内海」、訳詩など。（井坂洋子）

読書からはじまる　長田弘

自分のために、次世代のために——。「本を読む」意味をいまだからこそ考えたい。人間の世界への愛に溢れた珠玉の読書エッセイ！（池澤春菜）

すべてきみに宛てた手紙　長田弘

この世界を生きる唯一の「きみ」へ——。人生のためのヒントが見つかる、39通のあたたかなメッセージ。傑作エッセイが待望の文庫化！（谷川俊太郎）

好きになった人　梯久美子

栗林中将や島尾ミホの評伝で、大宅賞や芸術選奨を受賞したノンフィクション作家が、取材で各地を訪れ出会った人々について描く。（中島京子）

鴻上尚史のごあいさつ　１９８１－２０１９　鴻上尚史

公演の度に観客席へ配られる鴻上尚史の手書き文章「ごあいさつ」を完全網羅。上演時を振り返る「解説」も作品毎に加筆したファン必携のエッセイ集！

現実脱出論　増補版　坂口恭平

「現実」それにはバイアスがかかっている。目の前の「現実」が変わって見える本。文庫化に際し一章分「現実創造論」を書き下ろした。（安藤礼二）

柴田元幸ベスト・エッセイ　柴田元幸編著

例文が異常に面白い辞書。名曲の斬新過ぎる解釈。そして工業地帯で育った日々の記憶。名翻訳家が自ら選んだ、文庫オリジナル決定版。

杉浦日向子ベスト・エッセイ　杉浦日向子

初期の単行本未収録作品から、若き晩年、自らの生と死を見つめた名篇までを、多彩な活躍をした人生の軌跡を辿るように集めた、最良のコレクション。

ちくま文庫

さびしさについて

二〇二四年二月十日　第一刷発行

著　者　植本一子（うえもと・いちこ）
　　　　滝口悠生（たきぐち・ゆうしょう）

発行者　喜入冬子

発行所　株式会社 筑摩書房
東京都台東区蔵前二―五―三　〒一一一―八七五五
電話番号　〇三―五六八七―二六〇一（代表）

装幀者　安野光雅

印刷所　ＴＯＰＰＡＮ株式会社

製本所　加藤製本株式会社

ISBN978-4-480-43939-0　C0195